新聞報導

一年一度的最佳伴侶大賽，今年的冠軍已經出爐，依舊是遙遙領先的亞瑟王與艾露莎王后！

最佳伴侶
謝謝大家
兩位被問及今後的夢想是什麼時，艾露莎王后的意外爆料，令人深感震撼。請看以下的報導。
新聞播報員

UP·上上益智節目

• 收視率百分之一點九。節目已瀕臨完蛋狀態。

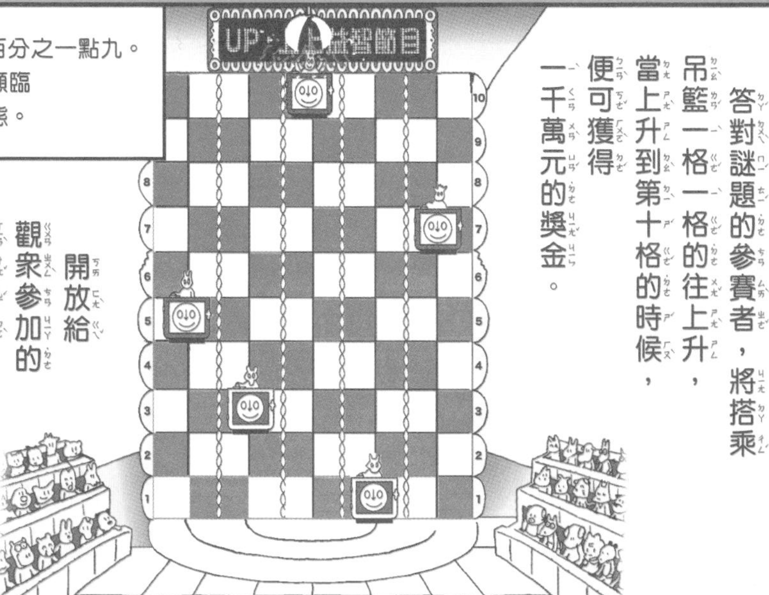
UP·上上益智節目
答對謎題的參賽者，將搭乘吊籃一格一格的往上升，當上升到第十格的時候，便可獲得一千萬元的獎金。
開放給觀眾參加的現場直播益智節目。

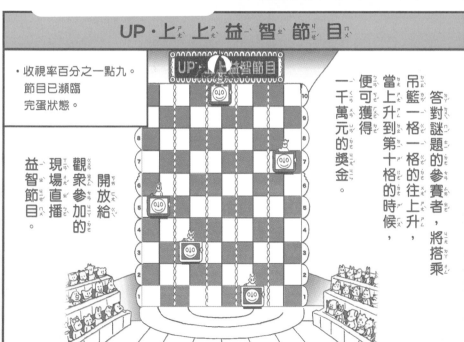

● 儘管亞瑟王感到驚訝，卻展現出溫柔體貼的風範。他們一如以往恩愛又甜蜜，這幸福的小倆口真令人欣羨不已。

怪傑佐羅力之亂糟糟鬧哄哄電視臺

文‧圖 **原裕** 譯 周姚萍

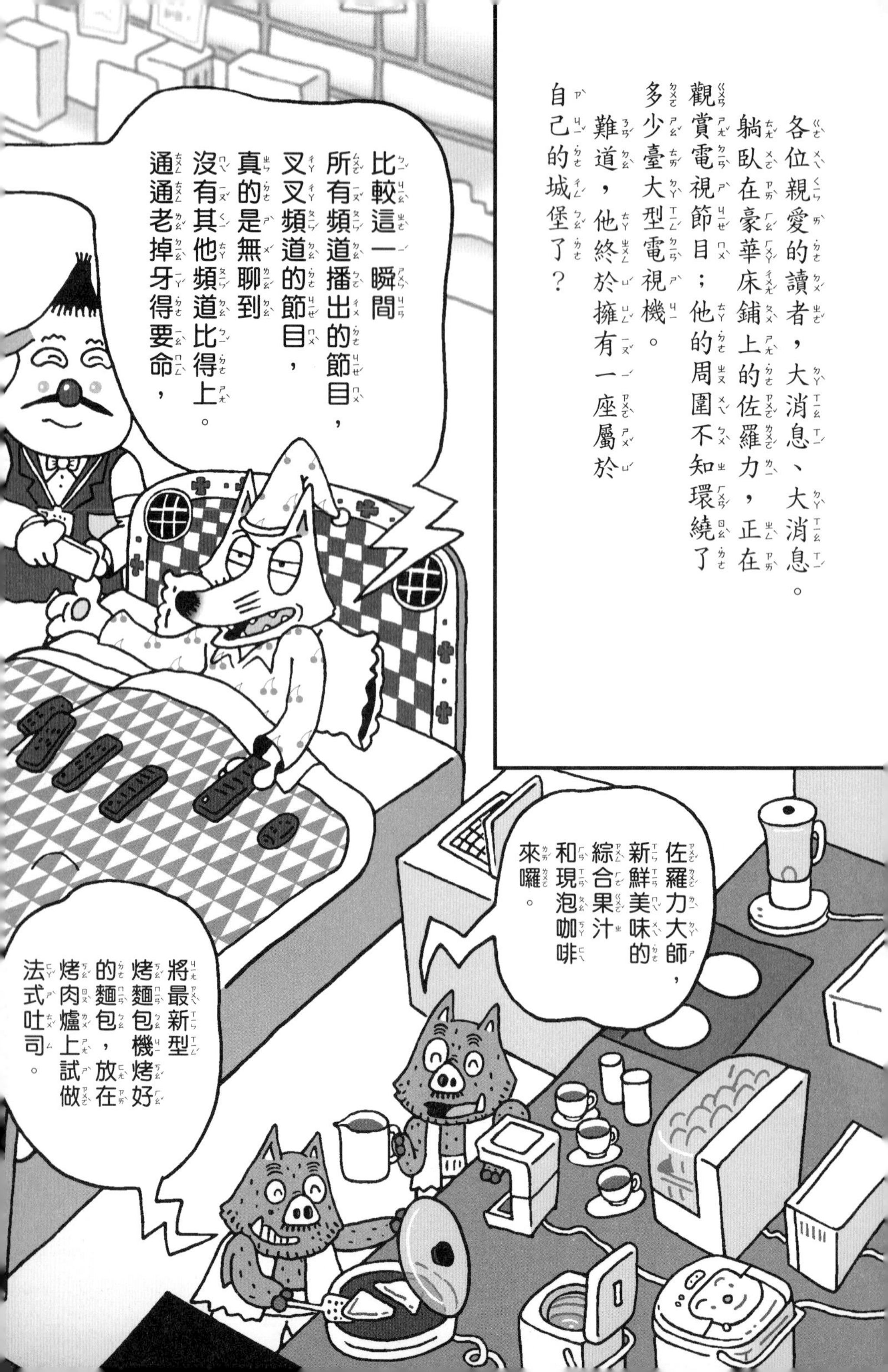
各位親愛的讀者，大消息、大消息。躺臥在豪華床鋪上的佐羅力，正在觀賞電視節目；他的周圍不知環繞了多少臺大型電視機。難道，他終於擁有一座屬於自己的城堡了？
比較這一瞬間所有頻道播出的節目，叉叉頻道的節目，真的是無聊到沒有其他頻道比得上。通通老掉牙得要命，
佐羅力大師，新鮮美味的綜合果汁和現泡咖啡來囉。
將最新型烤麵包機烤好的麵包，放在烤肉爐上試做法式吐司。

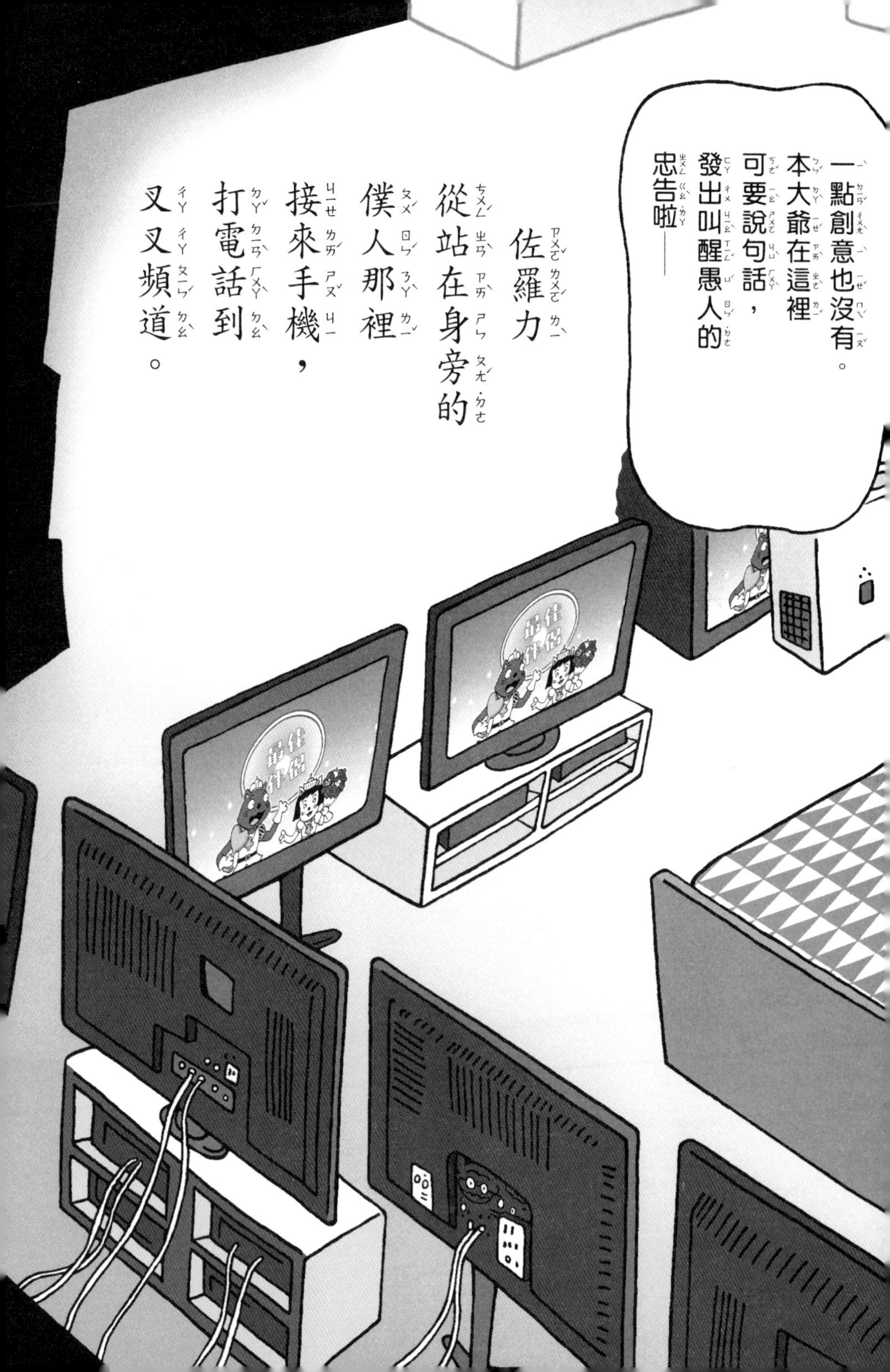
一點創意也沒有。本大爺在這裡可要說句話，發出叫醒愚人的忠告啦——
最佳伴侶
最佳伴侶
最佳伴侶

佐羅力從站在身旁的僕人那裡接來手機，打電話到叉叉頻道。

叉叉頻道

喂，是叉叉頻道嗎？本大爺叫佐羅力。你們頻道的節目
未免也太誇張了吧。第一，新聞報導根本過分強調
亞瑟好的一面。本大爺認為他
根本不是那麼酷的傢伙。
再來是英雄系列的《假面騎士》，
裡面變身的時間太短——了嘛！
那樣是無法抓住孩子的心喲。
另外，《UP．上上益智節目》也不行。
既然是益智節目，
就是要設計出讓人費心猜的謎題，才對吧？
希望你們營造出之前從沒出現過的緊張刺激。
啊，對了、對了，連續劇最遜了，
其他電視臺，將星期日晚上九點播出的戲，統稱「日久劇場」，超成功的，
結果你們星期三晚上八點播出的，也跟著叫成「三八劇場」，真的好低級，
害本大爺一直等著有三八好笑的情節出現。還有啊——
總之糟透了、糟透了，什麼都遜斃了，糟糕透頂、糟糕透頂……

我們兩人也想發表意見。
除了氣象預報不準確，
動畫也有頭無尾，一點都不生動有趣！

天哪，貓島導播，請快來救我啊。雖然說，我們電視臺的客訴電話每一通都又臭又長、沒完沒了，但是我被這通超級無敵久的抱怨電話困住了。一位叫佐羅力的觀眾一直抱怨這、抱怨那，抱怨個不停，都已經兩個小時啦。嗚嗚，請告訴我怎樣掛掉這通電話比較好。
什麼？佐羅力先生打電話來！

貓島導播急急忙忙衝過去，把電話接過來。

喂，
啊！
真的、真的是佐羅力先生，好久不見啦，承蒙您上過《大胃王電視冠軍》這個節目，我是該節目的導播啊。

是的，因為《大胃王電視冠軍》收視率衝破百分之六十八，廣告贊助紛紛找上門，叉叉頻道快速發展。

不過，那次之後，一直沒有其他受歡迎的

成功節目，評價也急轉直下，大家應付觀眾的投訴，全忙得焦頭爛額。贊助商紛紛取消合作，據說倒臺是遲早的事呀。

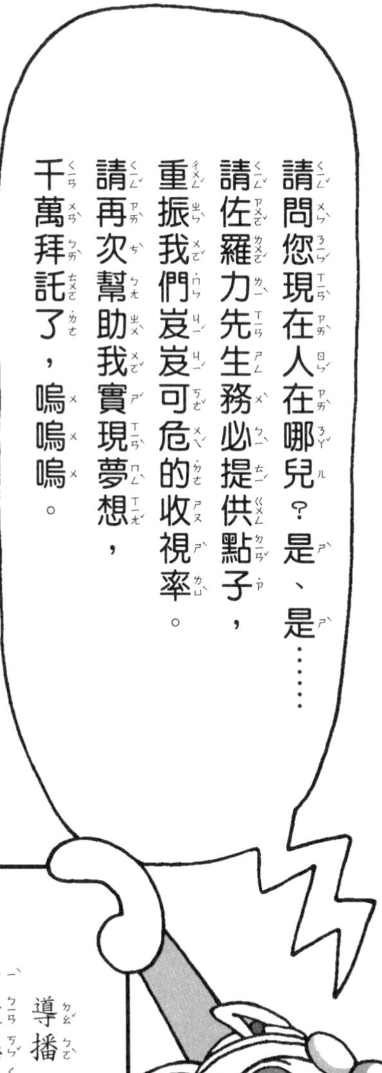
請問您現在人在哪兒？是、是……
請佐羅力先生務必提供點子，重振我們岌岌可危的收視率。
請再次幫助我實現夢想，千萬拜託了，嗚嗚嗚。

導播一邊流淚一邊懇求。

●有佐羅力出場的那個電視節目，可以在《怪傑羅力38 吃吧吃吧！成為胃王》這本書裡看到喔。

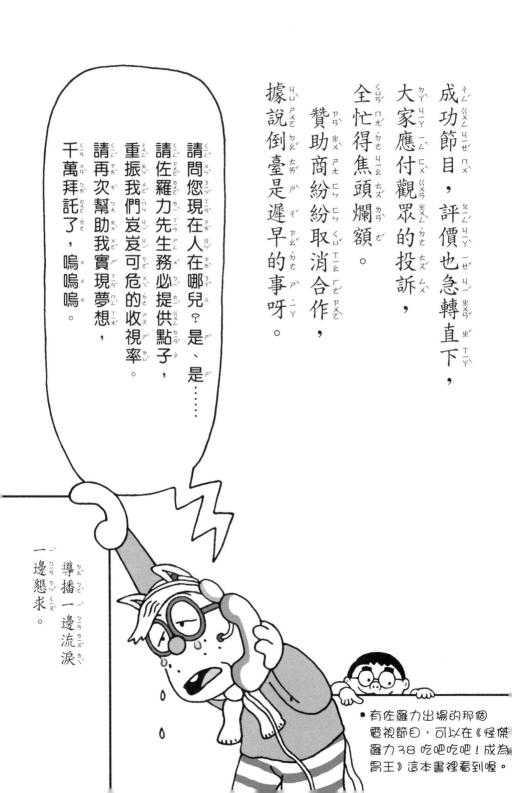

佐羅力講完電話之後，
將手機遞還給僕人。

「咦──本大爺參加的
《大胃王電視冠軍》，
是這家電視臺的節目嗎？
導播很感激我耶。」
佐羅力這麼說著，又繼續看電視。
這時，站在一旁的
僕人開口了：「我說，
你已經住在這裡一個星期了，

各式各樣的電器全試用過，
想購買的用品差不多
可以做決定了吧。」

唉呀呀，

仔細一看，
這裡並不是佐羅力的城堡，
而是很有規模的電器用品專賣店。
這個人也不是僕人，
而是店長。

事實上，一星期前
發生了這樣的事。

嚇一跳電器
家電
電玩DVD
電腦
電視
佐羅力他們來到這間專賣店——
嘿，店長！本大爺打算將我城堡裡所需要的電器用品，在這間店裡全部買齊。我算一算喔，冷氣、電視、洗衣機、吸塵器、冰箱這些有的沒的，分別需要二十臺。
噢～真的吼！

我們不想沒試用就做決定，事後才懊悔著「應該選另外那邊的商家比較好」。
我們想好好的試用過後再做決定。
所以我想要跟你商量商量，能不能在這間店試住短短的時間，讓我們試用各種電器用品的功能，畢竟我們各別需要二十臺，喔，不，可能還更多。
我明白了，既然這樣的話，我現在就去做準備。
計算機
喀答喀答

這樣的大客戶，十年都不知道能不能遇到一個，所以店長連最高檔的床鋪都抬出來，讓他們在店內試睡。
然而，已經試用了一個星期。他們卻沒有做任何決定，只是一直賴在這兒，店長也到了無法再忍耐的地步了。
那麼，請問這位客人，需要我幫您準備哪些電器各二十臺呢？
唔——對吼。其實，想要的東西差不多都有譜了，不過卻有個小小問題……
嚇一跳電器

「那個唯一的小問題，就是要將電器用品運送進去的那座城堡，還不知道在哪裡呢。」

店長聽到這番令人震驚的話，整個人呆掉了。

「要是等到城堡到手，再來三心二意，不知道要選哪種，那可就太慢了。」

「佐羅力大師做事，可是很有計畫，一步一步來的。」

佐羅力被伊豬豬、魯豬豬這麼一吹捧，臉不紅氣不喘的自誇：「說的沒錯，本大爺就是個做事很有計畫的男人。」

但是，店長再也受不了啦，大叫警衛進來。

正當警衛抱住他們三人，要從一樓的大門口丟出去時，

嘎——

電視臺的車子正好停在電器專賣店前，貓島導播從車內飛奔而出。

佐羅力大師，再這麼下去，叉叉頻道會倒閉的。我們需要的不只是意見，請您直接到

電視臺來，出手製作電視節目。

導播雙膝跪地，磕著頭拜託。

佐羅力轉身面對店長，留下這些話：

哼，等本大爺成為一位大咖製作人，
就把這整間專賣店收購下來。
你給我好好等著吧，嘿嘿嘿。

接著，
他們搭上車
飛馳而去。

一抵達電視臺，貓島導播馬上領著佐羅力一行人走進建築物。
確實，不管哪位工作人員全在電話前，不停的鞠躬道歉，接受著觀眾的疲勞轟炸。
就像你所看到的，大家接客訴電話都接到手軟了。
叉叉頻道
這種情況再繼續下去，贊助商會不斷撤掉廣告，我們也會沒經費製作節目，這家電視臺也將因此倒閉，所以，我們非常非常需要佐羅力先生的大力協助。

「沒辦法靠廣告商提供金錢來源，
就只能動腦筋想辦法嘍。
啊，對了，你們電視臺剛剛也播報了
亞瑟和艾露莎的新聞吧……」

「沒錯，就是這個。」

貓島導播將先前亞瑟與艾露莎
兩人的雙人特寫鏡頭，
播放在螢幕上。

「對、對，我說這個呢……」

最佳伴侶
獲得最佳伴侶獎的亞瑟與艾露莎，在會場大吵了一架！「比起嫁給亞瑟，我更想要成為一位女演員。」對於艾露莎這番驚人的告白，亞瑟的反應是，「我絕對不允許」亞瑟否定了女性的工作權，他是女性之敵！絕對不可原諒！
加上這樣的評論後，在電視上再播一次，怎麼樣？
魯豬豬指著在攝影棚內，即將開始播出的「氣象預報」節目。
那麼，講那種謊言，就沒關係嗎？
佐羅力先生，電視臺播放假新聞，信用會破產的，所以請原諒我無法這麼做～
那是預報啊，是做事先的通告。就算不準，也不能說是謊言。

「不不不，我可是很相信的呢。預報說是晴天，出門時，我就沒帶傘，結果卻淋成落湯雞，真是氣死人了，我會記住一輩子的。」

「魯豬豬，這樣吧，我們來製作不欺騙觀眾，絕對準確的氣象預報給他們瞧瞧吧！」

說完，兩人馬上採取行動

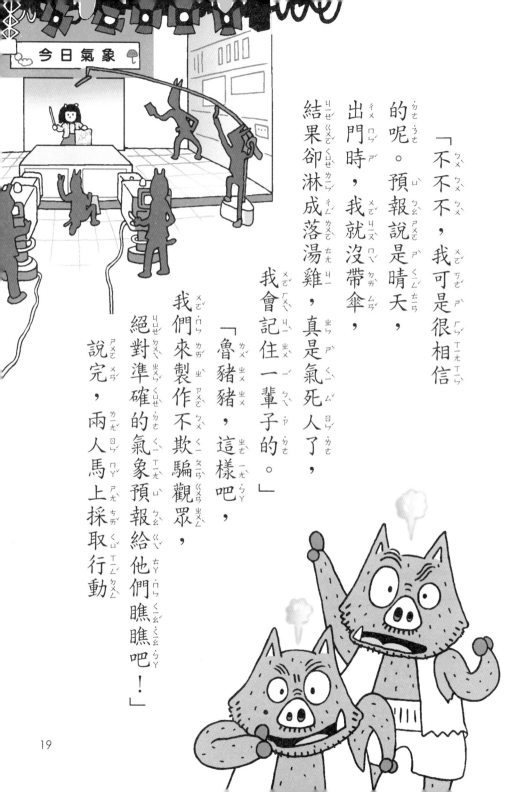

今日氣象

伊豬豬和魯豬豬衝進攝影棚，將氣象預報姐姐用力的推了出去。

伊豬男・魯豬男　準到不行的氣象預報
好的，接下來為您播報今天的氣象。天氣晴的地區，絕對是晴朗的好天氣。即使預報為陰天，如果開始看見陽光，表示天氣可能會慢慢放晴。不過，一旦下雨了，那代表天氣一定變差。
請注意　對於喜歡下雨的人來說，下雨時，就叫做好天氣。請特別注意，天氣好或不好，因各人觀感不同而異喔。
噢噢噢

現場氣象預報就為您播報到這兒。
叉叉頻道
變暖的地區，氣溫將上升；
變冷的地區，氣溫絕對會下降；
另外，如果下雪，請穿上保暖衣物，以免感冒。
當颱風或龍捲風降臨時，將有強風吹襲，請多加注意。
哇啊—
咚！
今日運勢
身體有黑痣的人，以及血型為A或B或O或帶有H抗原的人，一旦撐著傘走路，可能會有你喜歡的人向你告白喔……

伊豬豬和魯豬豬從攝影棚回來後，佐羅力信心滿滿的說：「怎麼樣？這就是萬里無雲、豁然開朗，絕不欺騙觀眾的氣象預報呀！像這種氣象預報，每天不斷不斷的在電視上播出，也不會有問題的。」

「可、可是，佐羅力先生，看完那種氣象預報，根本不知道今天會是什麼天氣啊。」

「總之因為搞不清楚，大家就會想著，那麼，姑且帶把傘出門吧。

這種氣象預報
真是棒透了啊。」
正當伊豬豬神氣的
抬起頭挺起胸時，
「嘿，你們等等！」
佐羅力突然出聲叫住兩個人；
他們是剛結束拍攝，要回
化妝休息室的超級英雄
「假面騎士」和怪人「火男」。

「這次的《假面騎士》，
會有一樣的變身戲嗎？」

「當然囉，這是一定要的。」

「那樣的變身戲不行啦，馬上重拍。」

「什麼！都已經全部拍完了。我們沒有
多餘的預算，也沒有多餘的時間啦！」

「這又沒什麼，
只是稍微改一下變身
那段而已。」

佐羅力說著，讓變身前的主角站立在攝影棚正中央，開始想出一個又一個的變身動作。

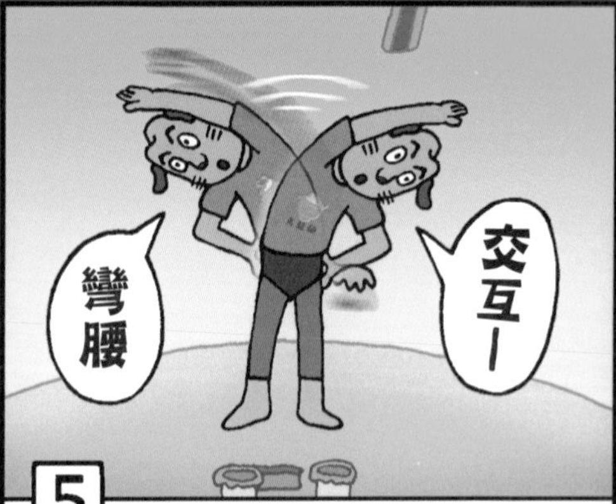

5 側舉著右手向左彎身。回復站立的姿勢，換成側舉著左手向右彎身。（6次）

6 雙手上舉，跳躍兩次；雙手往身體側邊平伸，跳躍兩次；雙手下垂，跳躍兩次。

7 彎曲伸展著膝蓋，過程中往上站直，兩手在面前做出大迴轉動作。

8 下蹲，曲起身體，猛的用力張開雙腳、伸展雙手往上跳躍。（8次）

9 高舉雙手，身體向左、向右搖晃。

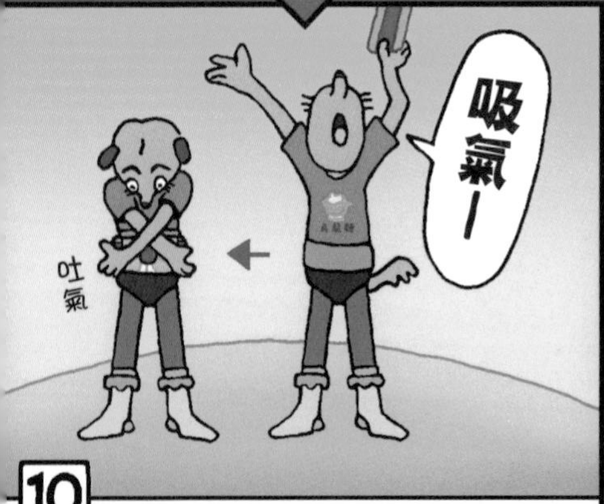

10 雙手往上大大伸展，深深吸氣，身體兩側肌肉繃緊、雙手下垂呈交叉狀，慢慢吐氣。

下變身完成！
下變身是指下半身的變身。
●只要一戴上這條腰痛腰帶，便可支撐骨盆，有助於體態窈窕健美！
●藉由震動，可消除腹部多餘的贅肉。
●可讓臀部曲線看起來很優美的內褲。
烏龍麵
●最適合怕冷體質的暖呼呼襪子。
●使雙腿修長的緊身褲。
●這雙靴子具有防水功能，最適合穿著它打掃浴室。
●而且這雙是減肥靴子！由於缺了腳後跟所需的空間，只要穿上它走動，就能產生雙倍的運動量。
廣告後，上變身即將登場，敬請期待！
當然囉，不是才變了一半而已嗎？
什麼？還有哇？

11

如圖，變換雙手姿勢，用整個身體畫出 Z 的形狀。

12

現在，反著畫 Z。

13

橫向往返跳躍。（20 次）

14

向前伸出雙手，以腳尖為軸心轉圈 30 秒。

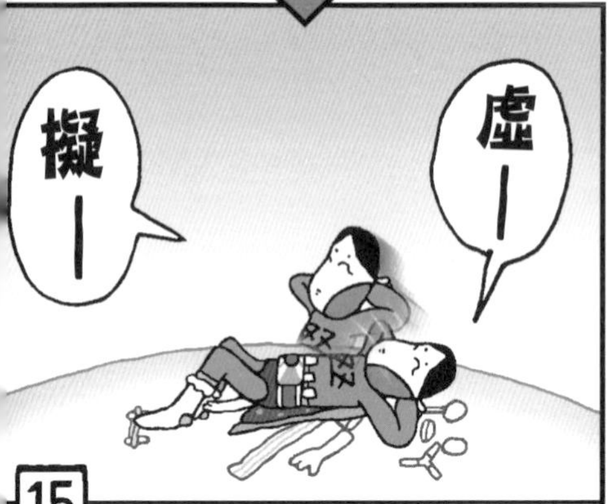

15

躺在地上，屈膝進行仰臥起坐。（20 次）

16

翻轉身體俯臥，進行伏地挺身。（20 次）

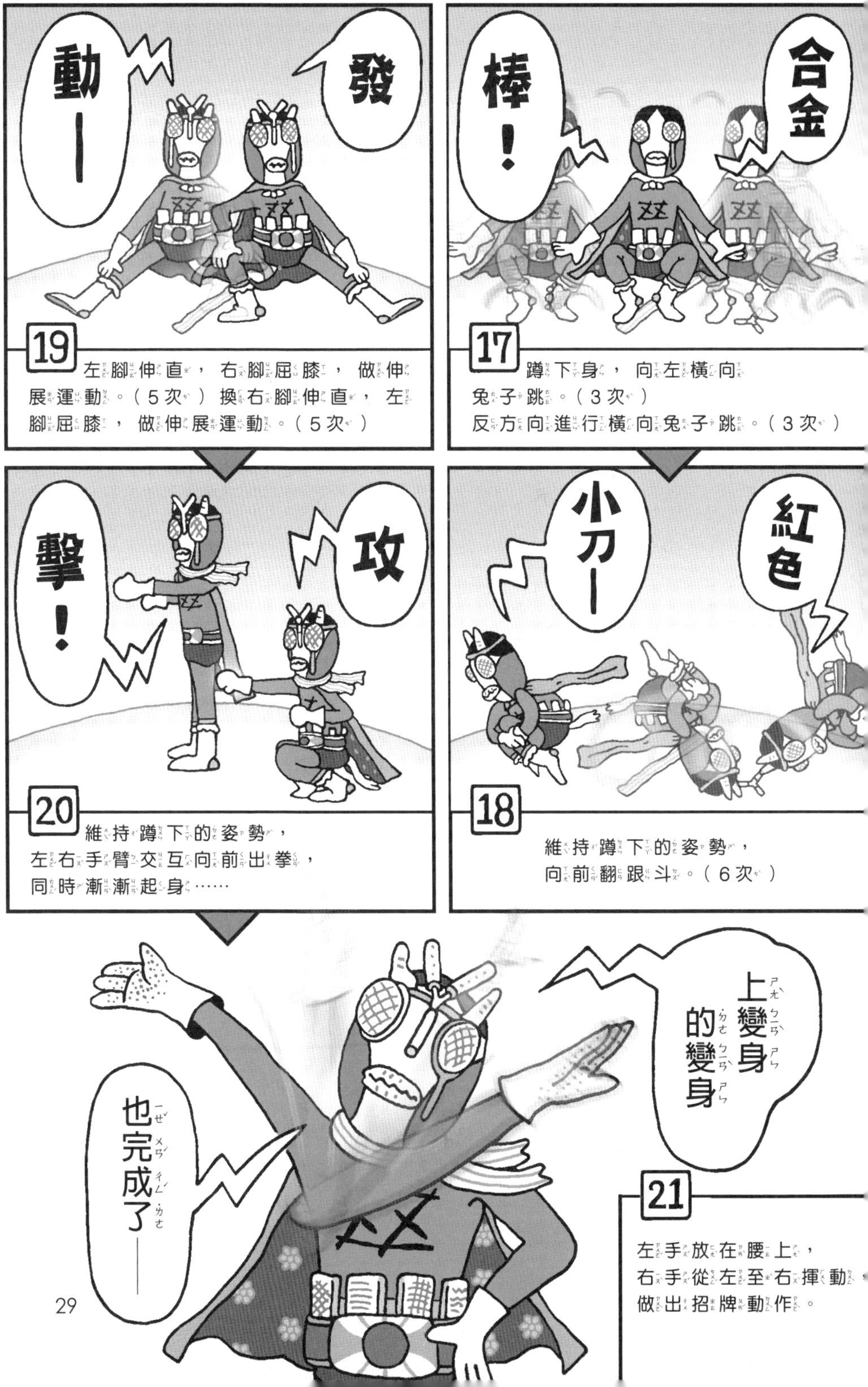
合金
棒！
17
蹲下身，向左橫向兔子跳。（3次）
反方向進行橫向兔子跳。（3次）
紅色
小刀—
18
維持蹲下的姿勢，
向前翻跟斗。（6次）
發
動—
19
左腳伸直，右腳屈膝，做伸展運動。（5次）換右腳伸直，左腳屈膝，做伸展運動。（5次）
攻
擊！
20
維持蹲下的姿勢，
左右手臂交互向前出拳，
同時漸漸起身……
上變身的變身
也完成了——
21
左手放在腰上，
右手從左至右揮動，
做出招牌動作。

藏在這裡！

雙面假面騎士的祕密藏在這裡！
•只要放進洗衣機裡，就能網住棉絮。
•美顏按摩棒是由鍺、鉑、鈦製作而成。
•穴道按摩棒2種。
•茶篩可享用美味的紅茶日本茶烏龍茶。
•瘦臉面具。
•只要輕鬆一壓，就能做出餃子來喲。
•沾溼後會有涼爽感的環保圍巾。
•以這雙橡膠手套摩擦牛蒡，便可將牛蒡皮磨得乾乾淨淨。
•這件披風很厚，可以蓋在膝蓋上保暖。而且兩面可用。
•刨絲器只需要更換8種刨刀，就可以輕鬆變化出切薄片、切丁、切絲等20種切法！附有裝配上身時，停止刨刀運作的安全裝置。
快看哪——變身戲大放送喔。
再看這個！

三十分鐘的電視節目，片頭以及與怪人再次相遇，合計三分鐘。擊退怪人的場面三分鐘。廣告四分鐘。剩下的二十分鐘全都是小朋友最喜愛的變身戲喔。

廣告	電視劇片頭	與怪人再次相遇	下 變身	廣告	上 變身	擊退怪人	廣告
（1分鐘）	（1分鐘）	（2分鐘）	（10分鐘）	（2分鐘）	（10分鐘）	（3分鐘）	（2分鐘）

雙面假面騎士的祕密

這段變身戲
是參考廣播體操
精心編製而成的。
因此，對於想模仿
變身動作的孩子來說，
將在不知不覺中
增強體力、強健體魄。
這麼一來，媽媽們
也不會發牢騷啦。
不只是
這樣喔，
請再仔細
看看我們的
「變身商品」。

全都可以當作媽媽們
想要的便利小物來使用喔。
如此一來，當孩子們纏著
說要「變身商品」時，媽媽們
也會高高興興的買給他們。
而且，如果在這個節目
播出後，推出電視購物，
商品一定會秒殺，一下子賣光光。
好的，
這是剛剛
播放完畢的
雙面假面騎士
變身商品，一整組，
只要三千九百八十元。
運費、手續費全部由
WOWO電視購物臺
負擔。

「真是想都想不到的神點子啊。」

當貓島導播表現出佩服得五體投地的模樣時，伊豬豬和魯豬豬也想大展身手啦。

「我們已經做好動畫了。」

「咦？動畫既費時又耗錢，沒那麼簡單吧。」導播驚訝的說。

「不過對我們來說是件小事，接下來，只要加上配音就大功告成了。」

我們可以回去了嗎？

可以，大家辛苦啦。

「你也可以成為配音員」特別體驗計畫

各位親愛的讀者朋友

①

翻到下一頁，如下圖所示，右側是動畫腳本，左頁的第一張動畫上標註了Ⓐ。

②

用右手的食指和拇指將左頁的左下方夾住，用左手將下一頁的左下方壓住，這樣就做好準備工作了。

③

大聲唸出動畫腳本的一個冷笑話後，富有節奏的

打開、蓋上，打開、蓋上的翻動頁面，最後停在Ⓑ圖被打開的那一頁，動畫就結束了。更換腳本，即可玩出多種不一樣的動畫喔。

● 配音員依據動畫做配音，來進行後期製作；「後期製作」簡稱為「後製」。請各位讀者成為我們動畫的配音員，千萬拜託囉。

伊豬豬 文／動畫用腳本

腳本 ①

★進「櫃子」躲「鬼子」。

（緊張兮兮的）

腳本 ②

★冬天洗頭還「潤絲」，「冷死」。

（發抖）

腳本 ③

★我叫「佩茵」，我愛「配音」。

（興高采烈的）

腳本 ④

★我剛學英文，How do you do「好土又土？」

（不好意思的）

腳本 ⑤

★我來「點歌」，你唱「演歌」！

（指使人的）

腳本 ⑥

★輪胎「真重」，我要「珍重」。

（痛苦不堪的）

腳本 ⑦

★吃「澎湃」，變「卜派」。

（活力十足的）

腳本 ⑧

★你要的薑，「鏘」，在那邊。

（現寶的）

腳本 ⑨

★「滑菇」滑溜溜，「好酷」。

（搞笑的）

A

● 將右頁①的冷笑話大聲唸出來後，

● 喊著「動哪動哪動哪」，將這一頁如左圖般打開、蓋上，打開、蓋上……

● 這裡的伊豬豬和魯豬豬，是不是動起來了呢？

「怎麼樣？是不是就像相聲裡的裝傻角色和挖苦角色，活生生在你面前表演一樣呢？」

「請大家用同樣的方式，將②到⑨的冷笑話唸出來，『動哪動哪動哪』的不停翻動頁面。」

另外，如果能想出新的冷笑話，動畫節目就能持續不斷製作下去了。」

那個——導播，開放給觀眾參加的直播節目，差不多該做準備了……

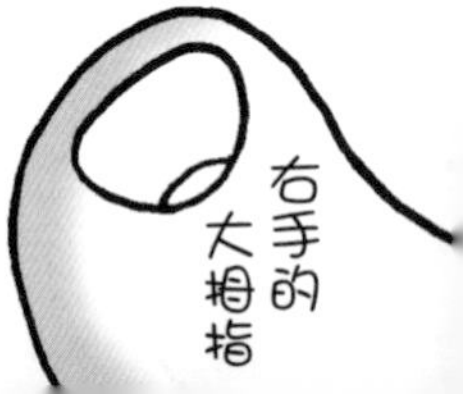
右手的大拇指

動畫！
B
這部動畫的宣傳文案
不隨波逐流
向不會動的動畫下戰帖！
啊，對唷。
唔？什麼要開始了？
如上方圖示，用左手固定住這頁的左下方，會更容易操作喔。

我忘了等一下在容納了一百名觀眾的大型攝影棚中，會有《UP．上上益智節目》的直播。現在只剩下一個小時可以做準備了。動作要快才行！
導播顯得十分慌亂。
啊——那個益智節目，參賽者答對時，所搭乘的吊籃會一格一格往上升，升到第十格，可以獲得一千萬元。這麼老梗的節目也太落伍了吧？要是本大爺，只要給我一個小時，就能將它變成任何人都沒看過的益智節目。

佐羅力這麼一提議，導播立刻露出欣喜的表情說：

「咦！你能讓這樣的奇蹟發生嗎？」

「那還用說，喂，伊豬豬、魯豬豬，本大爺要出去一下，你們利用這段時間，把節目的布景塗一塗、弄一弄，搞得讓人愈不舒服愈好。」

「佐羅力大師，遵命——」

伊豬豬和魯豬豬精神百倍的回答。

他們在布景塗上油漆，用榔頭敲出裂縫，

再抹上泥巴，就連垃圾桶裡的垃圾，也被拿來灑得到處都是。

•從天花板垂吊下乾枯的樹枝和藤蔓。
•在布景上弄出裂縫和破洞。
•吊籃後方的壁板，用油漆畫上大家都感到噁心的圖樣，同時潑上斑斑點點。
•黏上滿滿的橡膠製蟲子。
•黏上昆布和海帶芽、滑溜溜、黏答答。

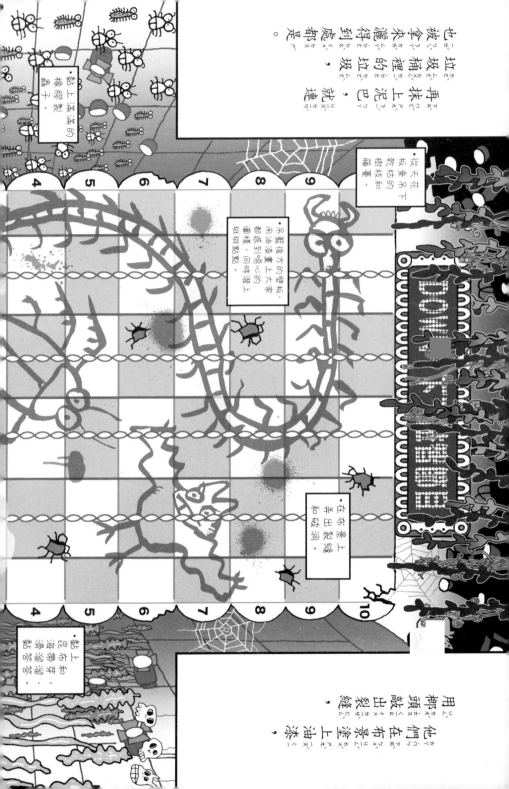

導播看到布景轉眼間變得又破又舊的，心裡有點不安，這時候，佐羅力回來了，並高喊：

妖怪學校的老師，領著一大群蒼白的幽靈進到了攝影棚裡。

「我是受到佐羅力大師之託，將背後靈們集合到這裡。」

這時，佐羅力接話說：「事出突然，從今天起，《UP．上上益智節目》要改為《DOWN．下下益智節目》，重新出發。節目的新規則，就由本人來加以說明吧。」

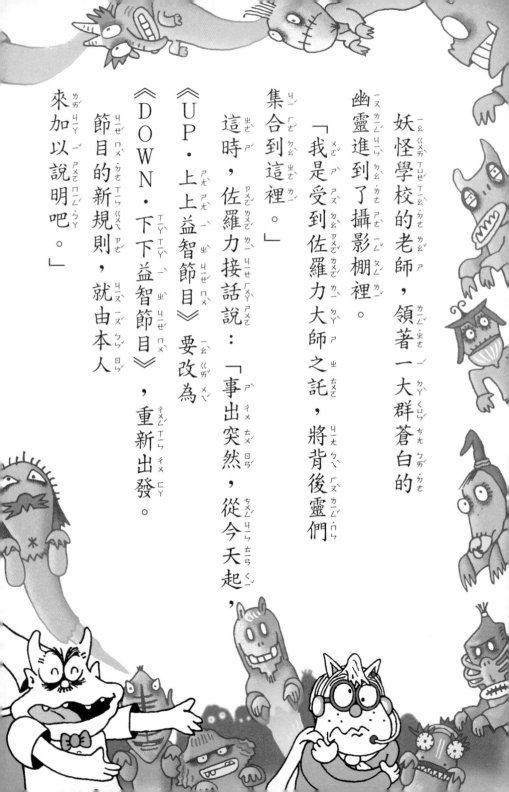

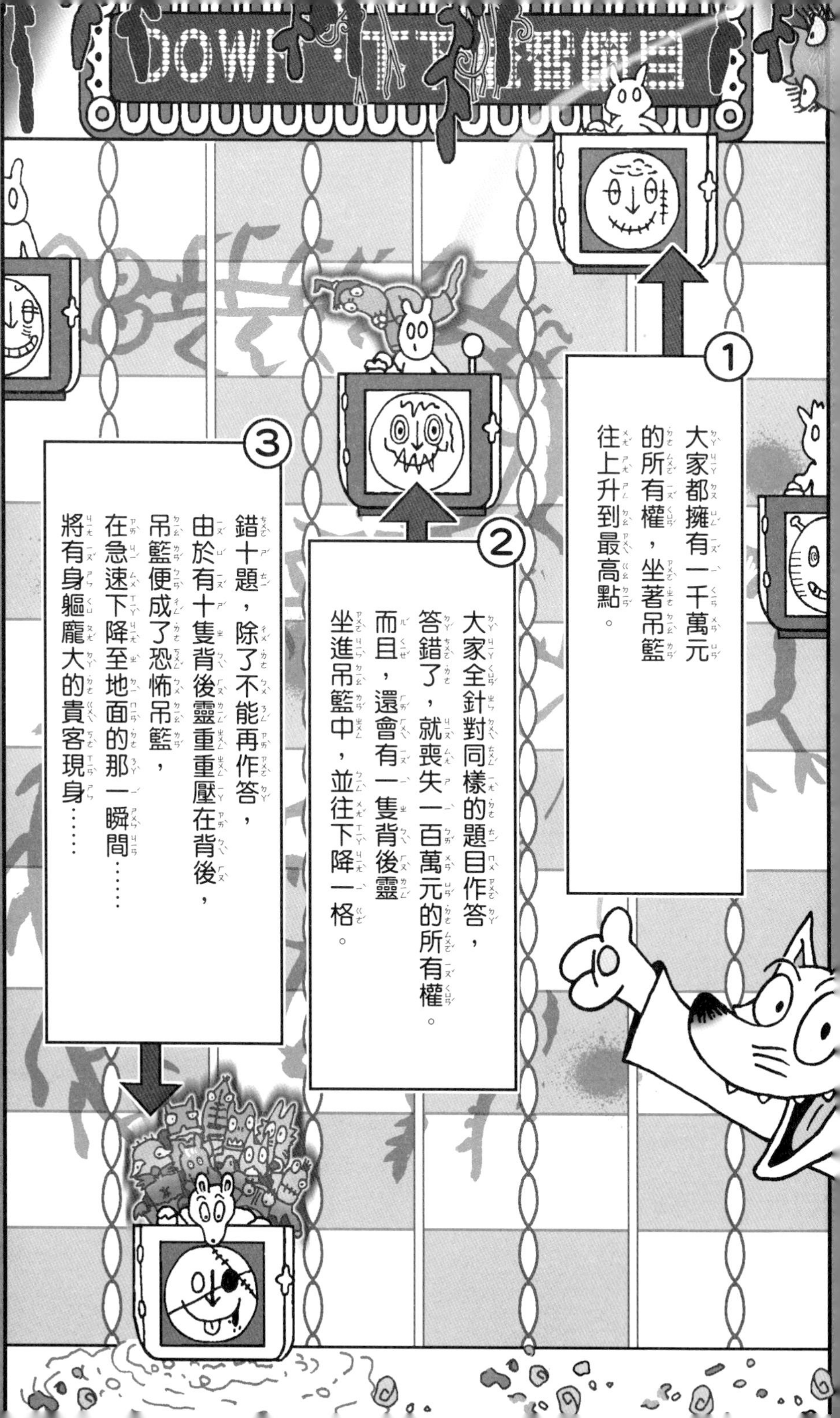

1
大家都擁有一千萬元的所有權，坐著吊籃往上升到最高點。
2
大家全針對同樣的題目作答，答錯了，就喪失一百萬元的所有權。而且，還會有一隻背後靈坐進吊籃中，並往下降一格。
3
錯十題，除了不能再作答，由於有十隻背後靈重重壓在背後，吊籃便成了恐怖吊籃，在急速下降至地面的那一瞬間……將有身軀龐大的貴客現身……

閻羅王是佐羅力的好朋友。
也們是在哪裡認識的呢？請看
怪傑佐羅力33 佐羅力要被吃掉了！》、
怪傑佐羅力29 怪傑佐羅力之地獄旅行》、
怪傑佐羅力28 怪傑佐羅力
之天堂與地獄》

整個吊籃就像這樣
直接被閻羅王吞進嘴裡。
由於只是益智節目，
所以並不會真的被帶到地獄，
請放一百個心。
不過，既然進了閻羅王的嘴裡，
出口自然在下方，
也就是會隨著閻羅王的
米○共出場。
這是益智節目史上
最嚴厲的懲罰。來吧，
在恐怖又刺激的氣氛中，
變化多端的新型益智節目
就此誕生啦！

佐羅力才得意洋洋的說明完規則，所有的參賽者就從吊籃上咻的消失了蹤影。人人都深怕自己遭殃，因此全跑光了。

這麼一來，節目也做不下去啦。當導播用雙手抱住腦袋，簡直快抓狂時——

攝影棚的大門被踢開，客訴者大軍蜂擁而入。他們已經沒辦法只靠打電話吐苦水了，必須直接找導播面對面說清楚講明白。

儘管導播都快哭了，
佐羅力還是不慌不忙，
十分從容的說：
「不好意思，大家久等了。
我們打算慢慢的、細細的
聆聽各位珍貴的意見，
好作為節目製作的參考。
那邊請，勞駕大家
坐上那邊的座席。」

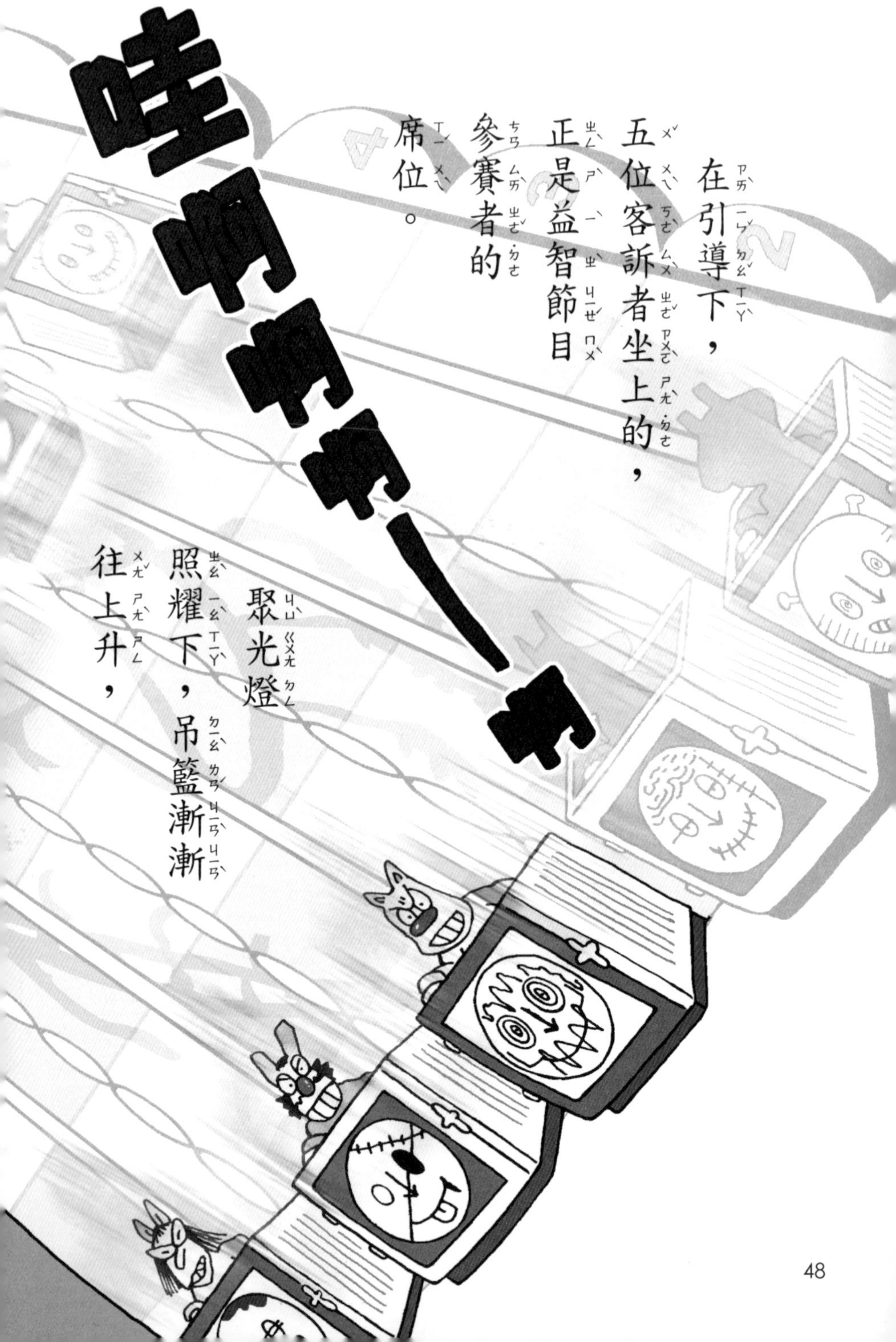

在引導下，五位客訴者坐上的，正是益智節目參賽者的席位。

聚光燈照耀下，吊籃漸漸往上升，

當吊籃上升到最高處，佐羅力開口說話了。

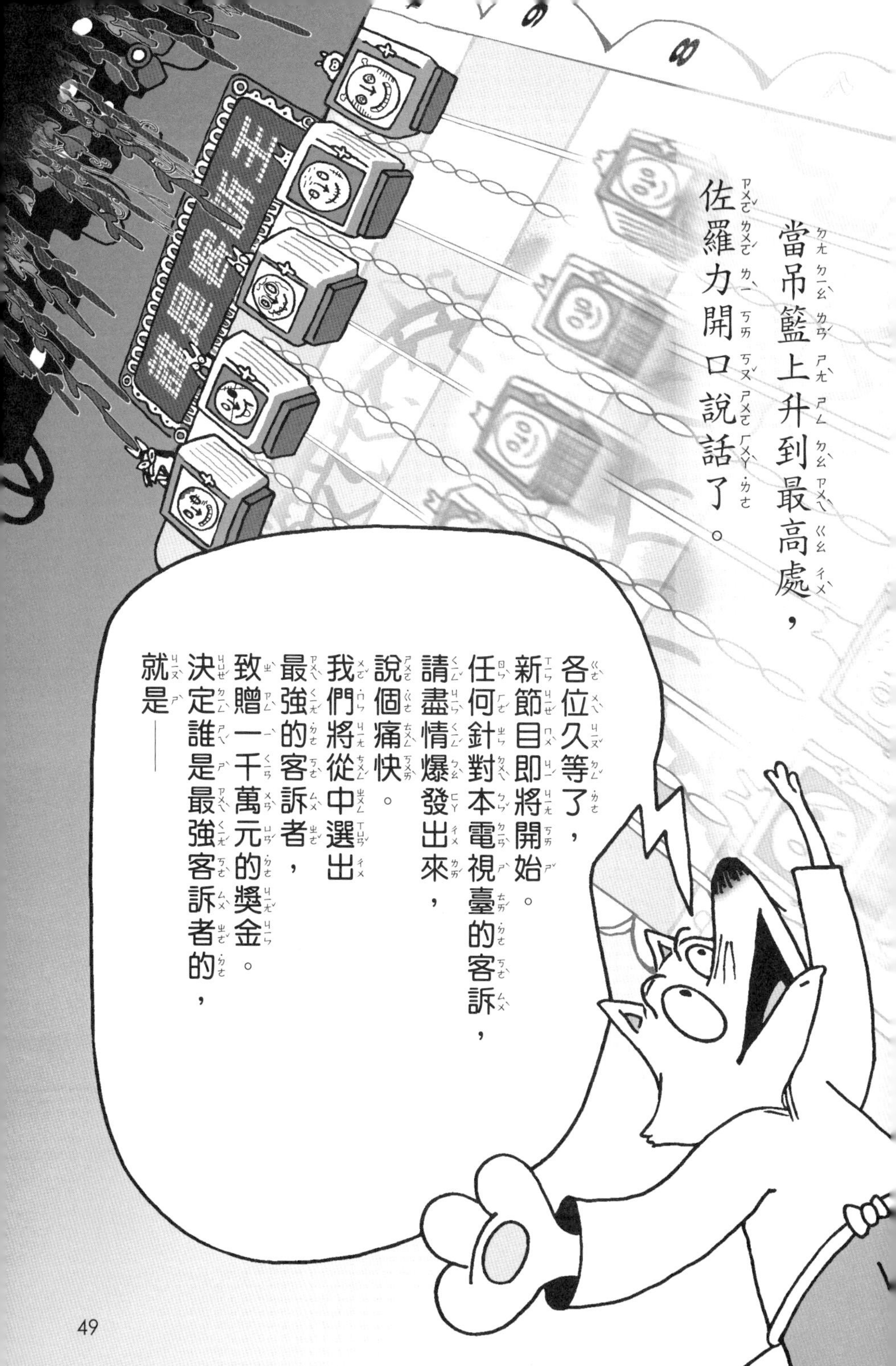
各位久等了，新節目即將開始。任何針對本電視臺的客訴，請盡情爆發出來，說個痛快。我們將從中選出最強的客訴者，致贈一千萬元的獎金。決定誰是最強客訴者的，就是——

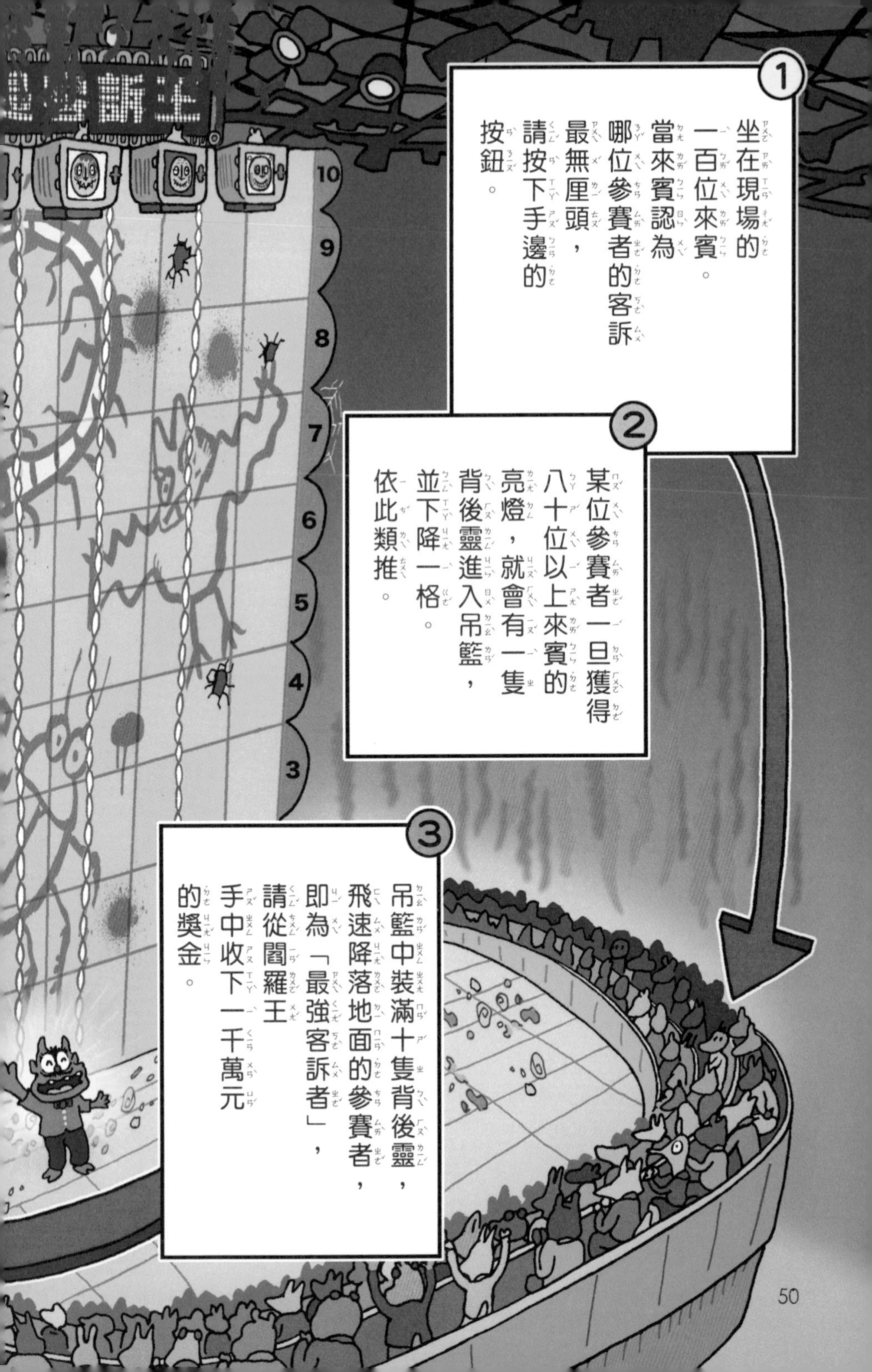
1
坐在現場的
一百位來賓。
當來賓認為
哪位參賽者的客訴
最無厘頭，
請按下手邊的
按鈕。
2
某位參賽者一旦獲得
八十位以上來賓的
亮燈，就會有一隻
背後靈進入吊籃，
並下降一格。
依此類推。
3
吊籃中裝滿十隻背後靈，
飛速降落地面的參賽者，
即為「最強客訴者」，
請從閻羅王
手中收下一千萬元
的獎金。
10
9
8
7
6
5
4
3

接受委託，擔任主持人的妖怪學校老師，一這麼喊道，來賓席就響起如雷的掌聲。

佐羅力完成任務，快速往舞臺後跑去，消失了蹤影。留下驚慌失措的導播。

來吧！找出最強客訴者的《誰是客訴王》節目，開始囉！
啪沙
啪沙
一千萬元

太棒了太棒了~
佐羅力大師真不是蓋的~

「佐羅力先生，
這樣會惹出麻煩的。」
導播追過來說。
「怎麼會？節目不是順利開播了嗎？
而且，客訴者也被我們好好加以利用了呢。」
伊豬豬這麼一說，
導播便回答：
「不是這樣的。大家看到節目後，
每個星期，一定都會有想參一腳的

客訴者，湧進電視臺，我們也得不斷送出一千萬元。請立刻停止這個節目，恢復成《UP．上上益智節目》。」

「關於這一點，你完全不用擔心，客訴者絕對拿不走那一千萬元的。總之呢，只要可怕的閻羅王那張巨大的臉一逼近獲勝者，對他這麼說——

恭喜，
這一千萬元
是你的了。
不過，這筆獎金
只能用在將你所
不滿意的節目，
改造成理想的節目。
要是用在別的地方，
閻羅王我，
可不會原諒你喔。
請問你會決定
怎麼做呢？

抱怨作品
是很簡單啦，
一旦要他製作節目，
就會嚇得驚慌失措，
然後乾脆把獎金
通通還給電視臺。」
佐羅力自信
滿滿的說。

閻羅王，拜託你務必要像佐羅力先生說的，在最強客訴者降落地面時，好好的嚇嚇他，打敗他。

導播雙手合十，對著布景下方的閻羅王懇求。就在這時，連續劇的助理導播鐵青著臉，飛奔進來。這下子，又有事情發生了。

那、那個——
糟、糟了啦。

由於收視率實在太差了，贊助商通知電視臺將在今天結束「三八劇場」《回憶橋》這齣戲。

想當然，準備好放映的這一集，並不是這齣戲的完結篇。

突然間，接收到這種要求，工作人員自然傷透腦筋。

大家驚慌失措，完全不知道該怎麼辦才好。

「這齣戲從故事的一開場，觀眾就猜得到會怎麼發展下去，真是太沒吸引力了。要是本大爺的話，包準拍出誰也猜不到，並且會驚訝的發出『啊』一聲的完結篇，供觀眾好好的欣賞。怎麼樣？要不要交給我呢？」

佐羅力一說，工作人員全像抓住救命稻草似的拚命點頭。

男女主角改由本大爺和艾露莎王后擔任！

啊！

突然更換主角，這樣沒辦法連戲啊！

別擔心，本大爺會巧妙的重寫劇本。這段期間，請你們去請求艾露莎王后，以女演員的身分演出這齣連續劇。這是她所嚮往的工作，應該會答應，不過，謹慎起見，一定要請她在合約上蓋章。

這麼做，她就沒辦法想不演就不演啦。

佐羅力露出了賊賊的笑容。

於是，工作人員立刻往亞瑟的城堡飛奔而去。

艾露莎王后，能否邀請您以女演員的身分在三八劇場中演出。
艾艾電視臺
噢，這真是難以置信？這麼快就有人邀請我擔任女演員。把夢想說出來，真是太棒了！嘿，亞瑟，我可以答應嗎？
當然囉，艾露莎，這樣你就能美夢成真了。我等一下要開會，不能陪你一起去。你要加油喔！

這是艾露莎連作夢都會夢到的女演員工作，於是，她帶著隨從，開開心心的來到攝影棚。

「艾露莎王后，這是飾演您男朋友的……」

導播才剛開口準備介紹，

啊！
和我演對手戲的是佐羅力嗎？如果是真的，那我不演了？我好幾次都因為這個人遇上很討厭的事。哼！

艾露莎正想離開攝影棚，

「唉呀呀，就算毀約，給亞瑟帶來麻煩，也沒有關係嗎？」佐羅力拿著艾露莎簽了名的合約，在她眼前晃啊晃的，並這麼說。

……知道了，我演。不管遇上什麼樣的對手戲演員，全心投入角色演出，這就是女演員的職責。

艾露莎毫不猶豫的說，並走進化妝休息室。

艾露莎匆匆忙忙換上了服裝，由造型師幫忙梳妝打扮，一邊拿著剛剛才收到的劇本，一邊努力背著非記起來不可的臺詞。

很快的，就要進棚拍攝了。

劇本
啊，我的第一個工作就是拍完結篇嗎？而且是和那個佐羅力演愛情戲……我真該問清楚內容，再接受邀請的。

一同前來的隨從，看到艾露莎心情起伏不定、一副忐忑不安的模樣，心想至少也要將主人工作的內容報告給亞瑟知道，於是打了電話。

嗯，我是，我在開會，不方便接電話……
什麼！
和艾露莎演對手戲的是那個佐羅力！

「接下來，要開始錄影囉，請馬上進攝影棚。」

導播跑過來叫艾露莎進棚。

三八劇場《回憶橋》至今的故事大要

青梅竹馬的小四和小十感情非常好。
總是在橫跨小河、十分美麗的「回憶橋」上玩耍嬉戲。
嘻嘻嘻嘻
哈哈~
然而，長大後的兩人，不知從什麼時候開始，便不再有機會見面了。
在某一年，回到故鄉的兩人，好像天註定似的，在「回憶橋」上重逢，並且驚覺對方是自己今生最重要的人。
兩人許下約定，將來某一天要在「回憶橋」上舉辦結婚典禮。
他們融入這份心意，將兩人所製作的心型項鍊分為兩半，分別帶在身上。
當他們以為幸福的日子會一直持續下去時，一天，小十不知道被誰帶走，從此失去了蹤影。

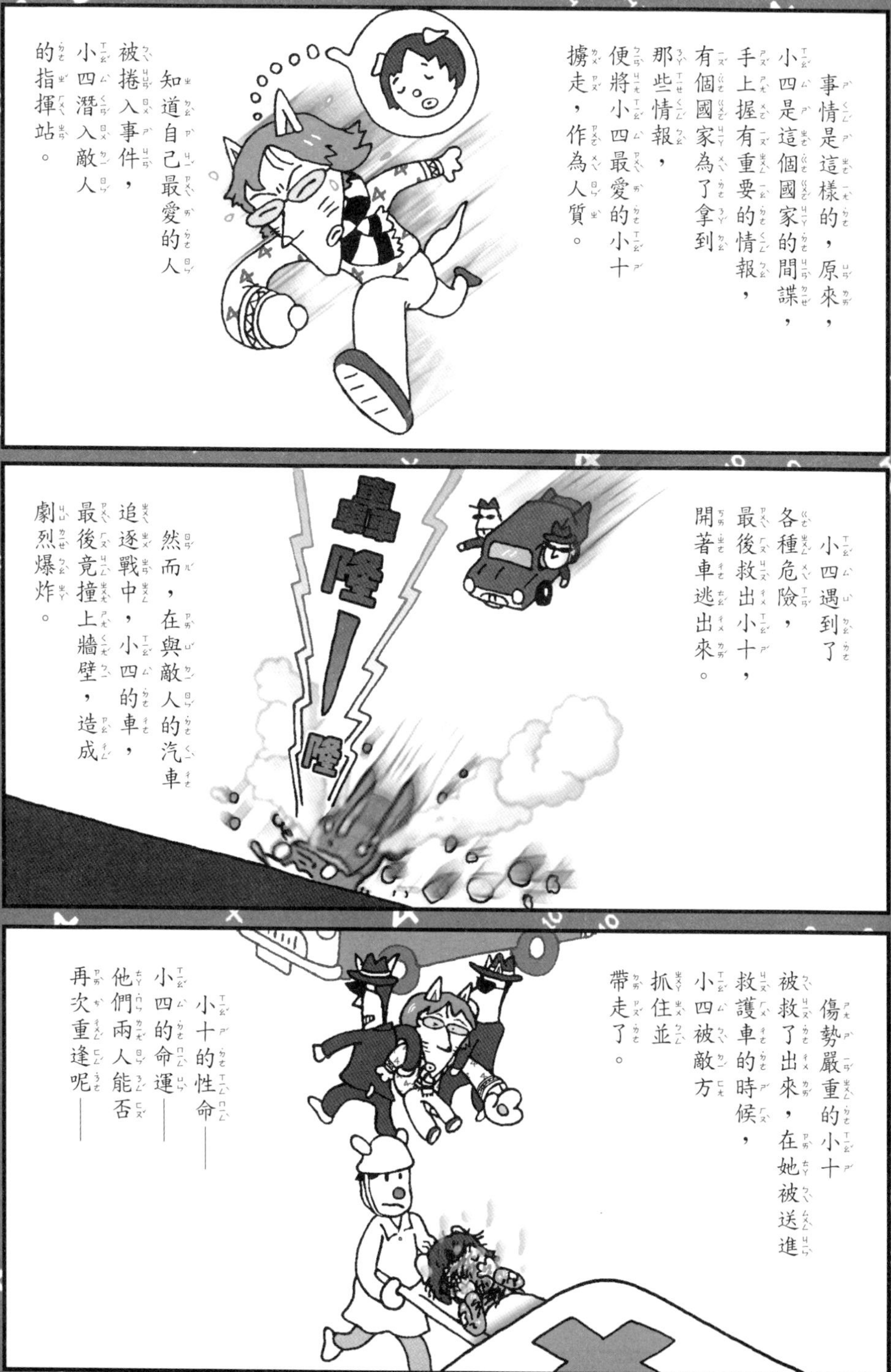
事情是這樣的，原來，
小四是這個國家的間諜，
手上握有重要的情報，
有個國家為了拿到
那些情報，
便將小四最愛的小十
擄走，作為人質。
知道自己最愛的人
被捲入事件，
小四潛入敵人
的指揮站。
小四遇到了
各種危險，
最後救出小十，
開著車逃出來。
轟隆—
隆
然而，在與敵人的汽車
追逐戰中，小四的車，
最後竟撞上牆壁，造成
劇烈爆炸。
傷勢嚴重的小十
被救了出來，在她被送進
救護車的時候，
小四被敵方
抓住並
帶走了。
小十的性命——
小四的命運——
他們兩人能否
再次重逢呢——

（旁白）光陰似箭、日月如梭，轉眼已經過了三年。在小四與小十故鄉的「回憶橋」上，有人正準備往下跳……
啊！你不要不看重自己的性命呀。
請別阻止我！我已經不抱任何希望了。
三年前，我在一場大意外，保住了性命，卻也因此受傷，嚴重毀容，再也無法恢復原本的模樣。即使我能再與立下婚約的小四見面，他也認不出我了。
回憶橋
什麼！
你、你是小十嗎？是我，小四啊。那時候，我被敵方的間諜帶走，好不容易留著性命逃出來，當我趕到醫院時，你已經出院，不知去向了。我想如果來到這座我們互相許下諾言的小橋，說不定能遇見你，所以就帶著你最喜歡的玫瑰花趕來。
我也是懷著相同的心情，在這裡等了三年。不過，你並不是我所等待的小四，你長得和他不一樣。
別對我這麼冷冰冰，請聽聽我的故事。

在你受到牽連之後，我就毫不猶豫的辭去間諜的工作。然而，敵方人馬早已記住了我的容貌，因此，不斷的想取走我的性命。我想，再這樣下去，就算與你重逢，我們還是可能身陷危險，於是我決定去整形，換了現在這個完全不一樣的新面孔。
啊，那麼，你真的是小四囉？
兩個人的外表都變了，但愛對方的心卻完全沒變啊。
嗯，而且，我們也都很努力，守護著這分愛的證據。

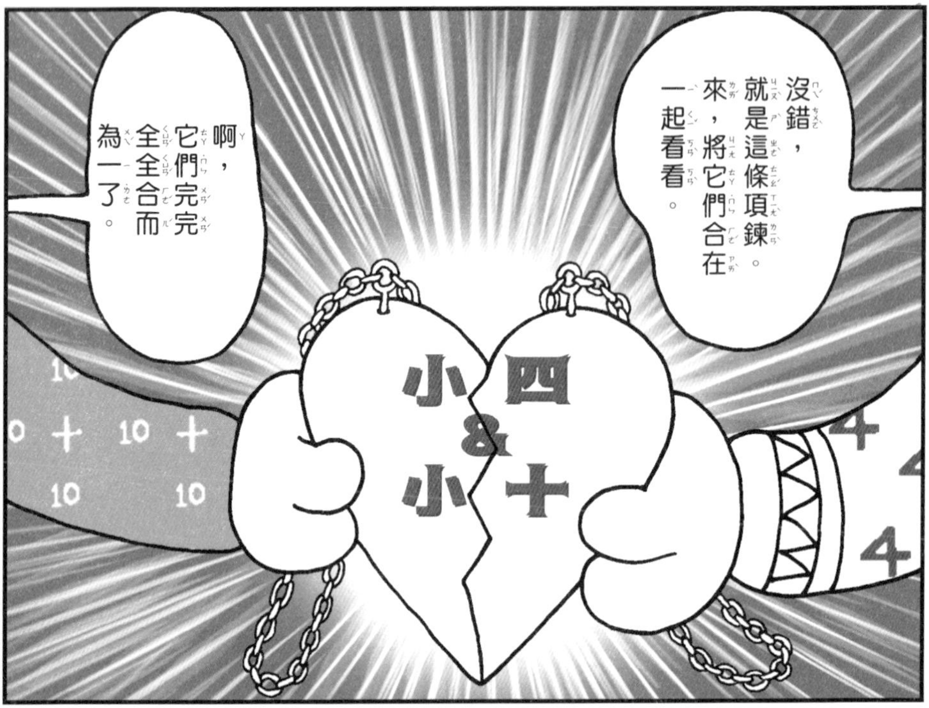
沒錯，就是這條項鍊。來，將它們合在一起看看。
啊，它們完完全全合而為一了。
小四 & 小十

仔細凝視，你那烏溜溜的大眼睛始終沒變，甜美的嗓音依然如昔。就讓我們兩個從現在開始，創造一個又一個新回憶吧。
謝謝你。我好快樂啊。認真注視你的臉龐，不但鼻子是那麼高挺，更洋溢著男性氣概，令人深深著迷。真的好酷喔！

跟擔任情報人員守衛國家相比，我寧願選擇以性命守護你的一生。
嗯，這麼熱情真誠的告白，完全融化了我的身體、我的心。

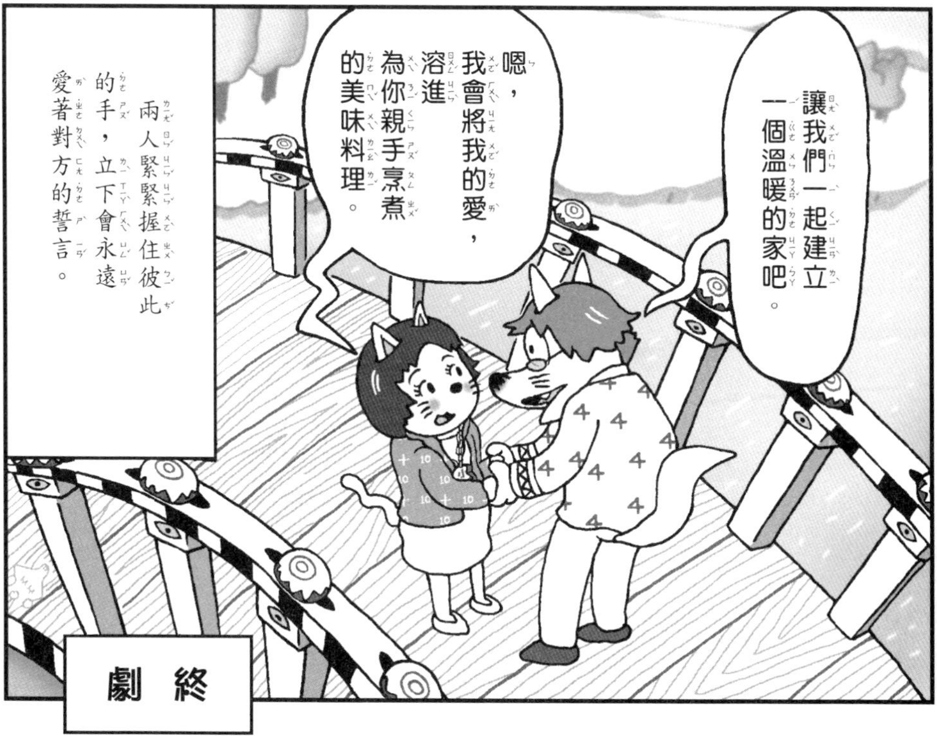
讓我們一起建立一個溫暖的家吧。
嗯，我會將我的愛，溶進為你親手烹煮的美味料理。
兩人緊緊握住彼此的手，立下會永遠愛著對方的誓言。
劇終

「卡，太棒了！我一開始聽到要換掉兩位主角時，心裡真是提心吊膽，不知道會變成什麼樣子，原來這就是你剛剛說的令人猜不透的劇情啊。佐羅力先生真是幫我上了一課。」

由於今晚的連續劇不會開天窗，導播總算鬆了一口氣。

不過——

等等，我可不會就這樣感到滿意的。重拍、重拍。

發生了什麼事呢？難道那些愛發牢騷的客訴者，也大軍壓境，來到這裡了嗎？

不，事實上，是這個節目的贊助商——噗嚕嚕董事長，跑來了。

「原來決定停掉這齣連續劇的，就是你？」

佐羅力驚訝的說。

沒錯。

收視率這麼低，

根本沒有人看得到

噗嚕嚕食品公司的電視廣告。

我要你在最後一集的戲裡，

盡其所能的宣傳我們的產品，
這樣我才不會血本無歸。
佐羅力先生，
快為噗嚕嚕食品
改寫劇本吧。

「好——我來試試看吧。」

出乎意料，佐羅力爽快的答應了噗嚕嚕的要求；

這是因為，他又能因此再與艾露莎

演愛情對手戲了。

於是，連續劇又從頭錄起。

啊！你不要不看重噗嚕嚕食品的美味零食和自己的性命呀。
雖然，噗嚕嚕魷魚絲是那麼美味，一吃就停不下來，但是請別阻止我！我已經不抱任何希望了。
三年前，我在一場大意外，保住了性命，卻也因為受傷，嚴重毀容，再也無法恢復原本的模樣。即使我能再與立下婚約的小四見面，他也認不出我了。
回憶橋

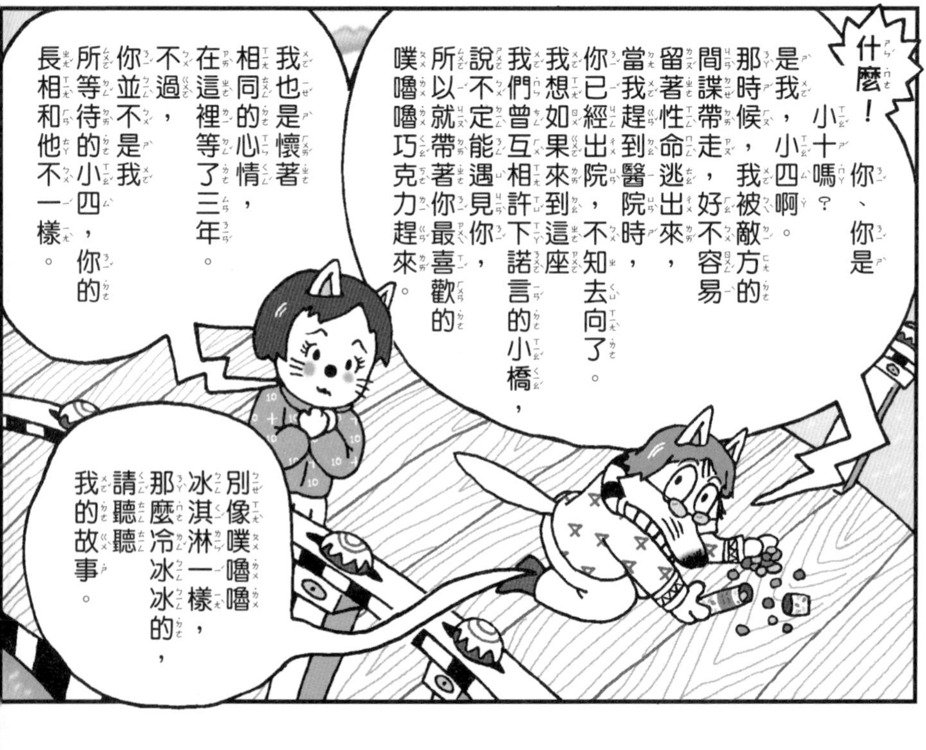
什麼！你、你是小十嗎？
是我，小四啊。那時候，我被敵方的間諜帶走，好不容易留著性命逃出來，當我趕到醫院時，你已經出院，不知去向了。我想如果來到這座我們曾互相許下諾言的小橋，說不定能遇見你，所以就帶著你最喜歡的噗嚕嚕巧克力趕來。
我也是懷著相同的心情，在這裡等了三年。不過，你並不是我所等待的小四，你的長相和他不一樣。
別像噗嚕嚕冰淇淋一樣，那麼冷冰冰的，請聽聽我的故事。

在你受到牽連之後，我就毫不猶豫的辭去間諜的工作。然而，敵方人馬早已記住了我的容貌，因此，不斷的想取走我的性命。我想，再這樣下去，就算與你重逢，我們還是可能身陷危險，於是我決定去整形，就像變得更美味的噗嚕嚕咖哩一樣重生了。
啊，那麼，你真的是小四囉？
雖然兩個人的外表都變了，但我們愛對方的心，就像堅持著傳統滋味的噗嚕嚕仙貝一樣，完全沒變啊。
嗯，而且，我們也都很努力守護著這分愛的證據，就像噗嚕嚕食品始終守護著它的美味。

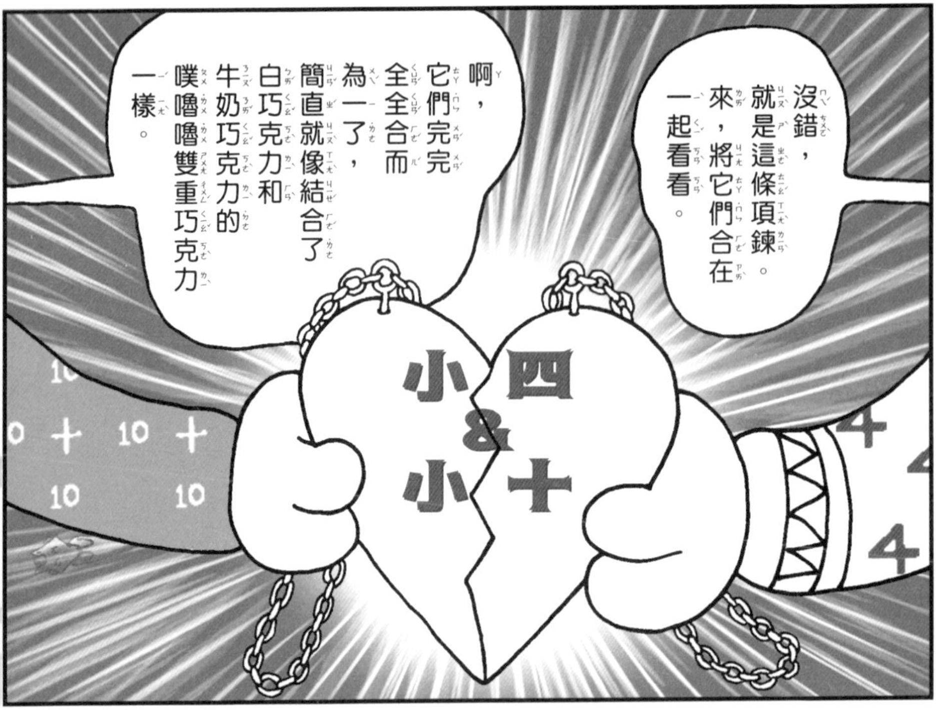
沒錯，就是這條項鍊。來，將它們合在一起看看。
啊，它們完完全全合而為一了，簡直就像結合了白巧克力和牛奶巧克力的噗嚕嚕雙重巧克力一樣。
小 四
&
小 十

仔細凝視，你那烏溜溜的大眼睛，就像噗嚕嚕黑糖飴始終沒變，而有如噗嚕嚕牛奶巧克力的甜美嗓音依然如昔。就讓我們兩個從現在開始，就像手工製作噗嚕嚕饅頭一樣，創造一個又一個新的回憶吧。
謝謝你。我好快樂啊。你的臉龐，高挺的鼻子就像噗嚕嚕薄荷錠那麼酷，更洋溢著男性氣概，有如噗嚕嚕苦甜巧克力一樣令人深深著迷。真的太酷了！

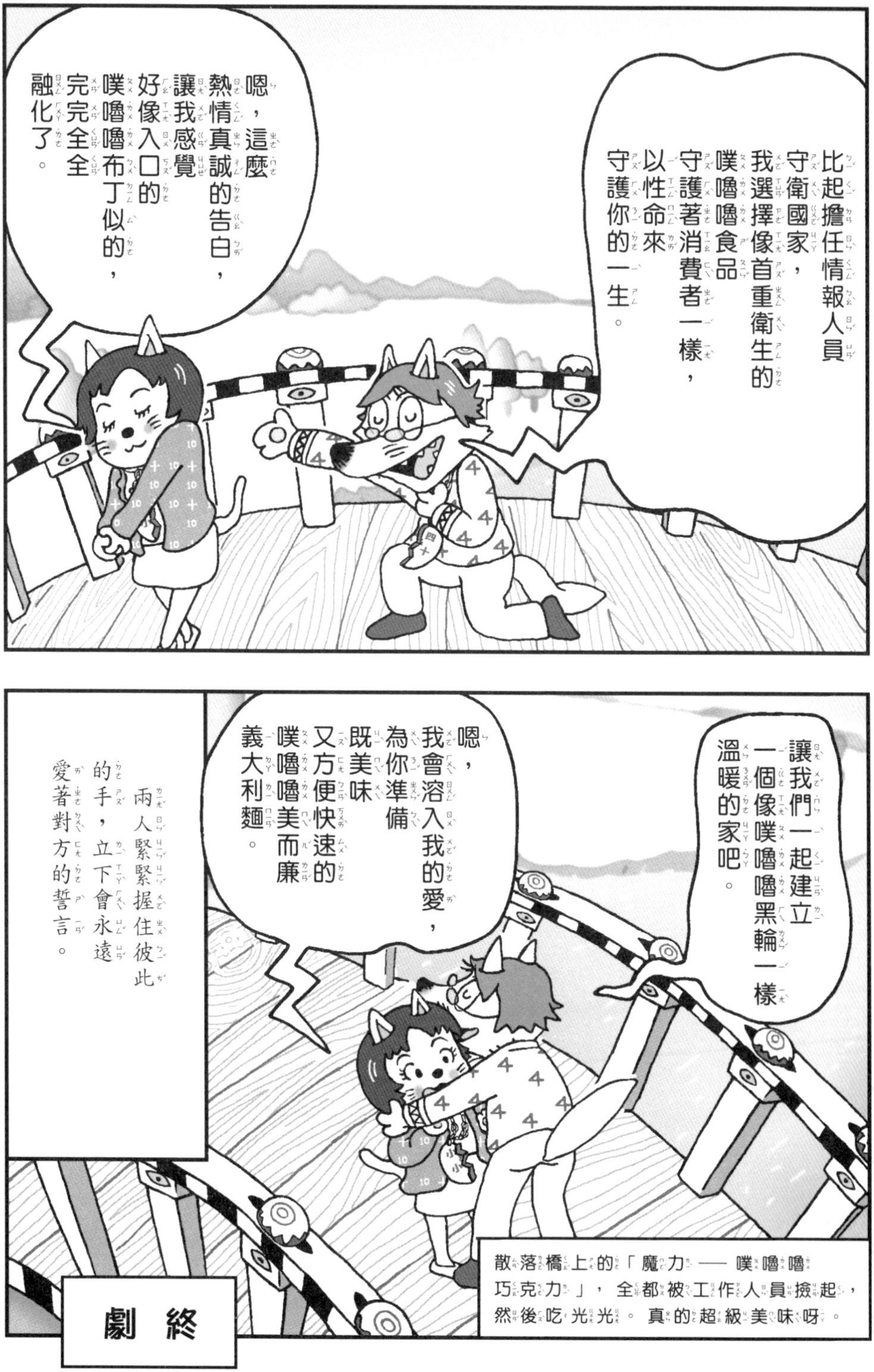
比起擔任情報人員守衛國家，我選擇像首重衛生的噗嚕嚕食品守護著消費者一樣，以性命來守護你的一生。
嗯，這麼熱情真誠的告白，讓我感覺好像入口的噗嚕嚕布丁似的，完完全全融化了。
讓我們一起建立一個像噗嚕嚕黑輪一樣溫暖的家吧。
嗯，我會溶入我的愛，為你準備既美味又方便快速的噗嚕嚕美而廉義大利麵。
兩人緊緊握住彼此的手，立下會永遠愛著對方的誓言。
散落橋上的「魔力──噗嚕嚕巧克力」，全都被工作人員撿起，然後吃光光。真的超級美味呀。
劇終

「怎麼樣？這下子，您應該滿意了吧？」

佐羅力看著噗嚕嚕說道。

「嗯……還差了些，佐羅力先生。

這是電視吧，所以不只可以在臺詞中宣傳，還要讓我公司的產品實際出現在螢幕上。」

「真是沒辦法呀——這樣的話，就只能在布景、道具上好好下功夫，

並重新錄製那段愛情戲了。」

佐羅力雖然一副很困擾的模樣，但眼睛深處卻帶著笑意。

這時導播急著說：

「不、不行啦，佐羅力先生。節目播映時間就快到了，現在才開始重新改造布景、製作道具，根本來不及重拍呀。」

他已經快哭出來了。

所以，只能採取現場直播的方式了。在緊迫的時間內，改造好布景，確確實實來個正面大對決。各位，請振作起精神來，只許成功不許失敗！

攝影棚內所有的工作人員，全感染到佐羅力的氣勢，全手腳俐落的改造起布景。艾露莎想再溫習一次臺詞，於是重新讀起劇本。

結果呢？最後那一幕，
不曉得在什麼時候被改成吻戲。

艾露莎大吃一驚，
正準備開口要求改回劇本
原來設定的時候，

「好的，布景完成，
馬上開拍。
預備，開始──」
攝影機開始運轉。

啊！你不要不看重噗嚕嚕食品的美味零食和自己的性命呀。
雖然，噗嚕嚕魷魚絲是那麼美味，一吃就停不下來，但是請別阻止我！我已經不抱任何希望了。
三年前，我在一場大意外，保住了性命，卻也因為受傷，嚴重毀容，再也無法恢復原本的模樣。即使我能再與立下婚約的小四見面，他也認不出我了。
回憶橋

什麼！你、你是小十嗎？
是我，小四啊。那時候，我被敵方的間諜帶走，好不容易留著性命逃出來，當我趕到醫院時，你已經出院，不知去向了。我想如果來到這座我們互相許下諾言的小橋，說不定能遇見你，所以就帶著你最喜歡的噗嚕嚕巧克力趕來。
我也是懷著相同的心情，在這裡等了三年。不過，你並不是我所等待的小四，你長得和他不一樣。
別像噗嚕嚕冰淇淋一樣，那麼冷冰冰的，請聽聽我的故事。
噗嚕嚕巧克力
150元

在你受到牽連之後，我就毫不猶豫的辭去間諜的工作。然而，敵方人馬早已記住了我的容貌，因此，不斷的想取走我的性命。我想，再這樣下去，就算與你重逢，我們還是可能身陷危險，於是我決定去整形，就像變得更美味的噗嚕嚕咖哩一樣重生了。
啊，那麼，你真的是小四囉？
哇
嗚
噗嚕嚕巧克力

兩個人的外表都變了，但我們愛對方的心，就像堅持著傳統滋味的噗嚕嚕仙貝一樣，完全沒變啊。
活躍於世界各地的噗嚕嚕食品
嗯，而且，我們也都很努力守護著這份愛的證據，就像噗嚕嚕食品始終守護著它的美味。
噗嚕嚕巧克力

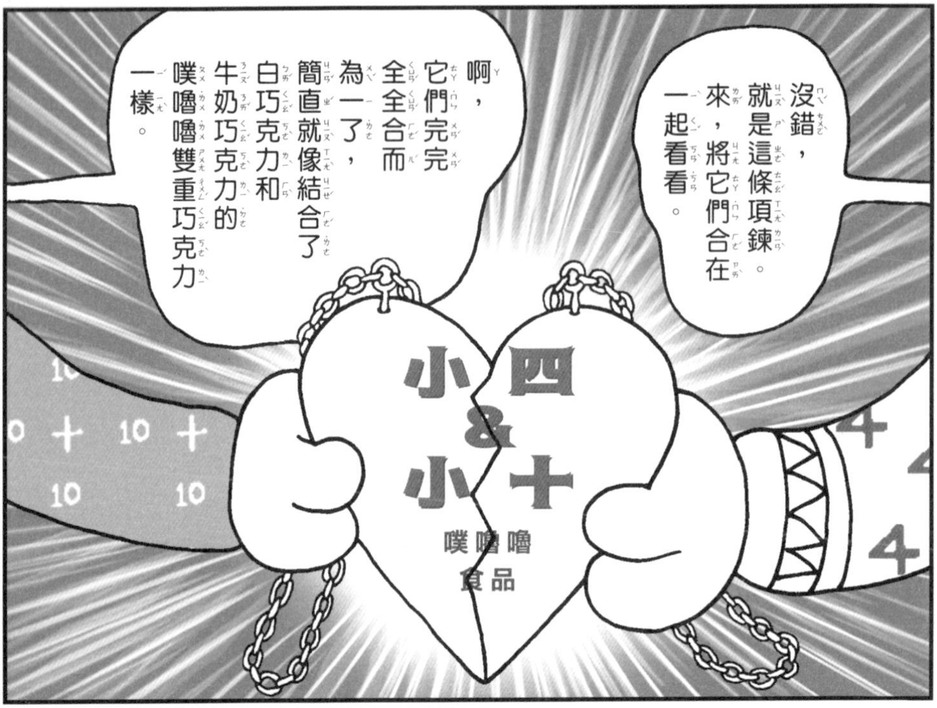
沒錯，就是這條項鍊。來，將它們合在一起看看。
啊，它們完完全全合而為一了，簡直就像結合了白巧克力和牛奶巧克力的噗嚕嚕雙重巧克力一樣。
小四
&
小十
噗嚕嚕
食品

噗嚕嚕食品
仔細凝視，你那烏溜溜的大眼睛，就像噗嚕嚕黑糖貽始終沒變，而有如噗嚕嚕牛奶巧克力的甜美嗓音依然如昔。就讓我們兩個從現在開始，就像手工製作噗嚕嚕饅頭一樣，創造一個又一個新的回憶吧。
謝謝你。我好快樂啊。你的臉龐，高挺的鼻子就像噗嚕嚕薄荷錠那麼酷，更洋溢著男性氣概，有如噗嚕嚕苦甜巧克力一樣令人深深著迷。真的太酷了！
噗嚕嚕巧克力

零嘴點心
第一品牌
噗嚕嚕
食品
比起擔任情報人員守衛國家，我選擇像首重衛生的噗嚕嚕食品守護著消費者一樣，以性命來守護你的一生。
嗯，這麼熱情真誠的告白，讓我感覺好像入口的噗嚕嚕布丁似的，完完全全融化了。
噗嚕嚕巧克力

兩人火熱吻著彼此，並發誓會永遠愛著對方……
等等——！
讓我們一起建立一個像噗嚕嚕黑輪一樣溫暖的家吧。
啊，那是。
散落橋上的「魔
巧克力」，全都被 撿起，
然後吃光光。真的超級美味呀。
噗嚕嚕巧克力
劇終

趕上了！艾露莎，你沒事吧？
真是好險。亞瑟，謝謝你。
劇終
就在佐羅力被突然衝過來的亞瑟給撞開，沒辦法與艾露莎接吻的那一刻，連續劇突然停止。
天哪！真是史上最慘的播放意外了。怎、怎麼辦？

佐羅力三人，趁著攝影棚內亂成一團，飛快的逃出電視臺。

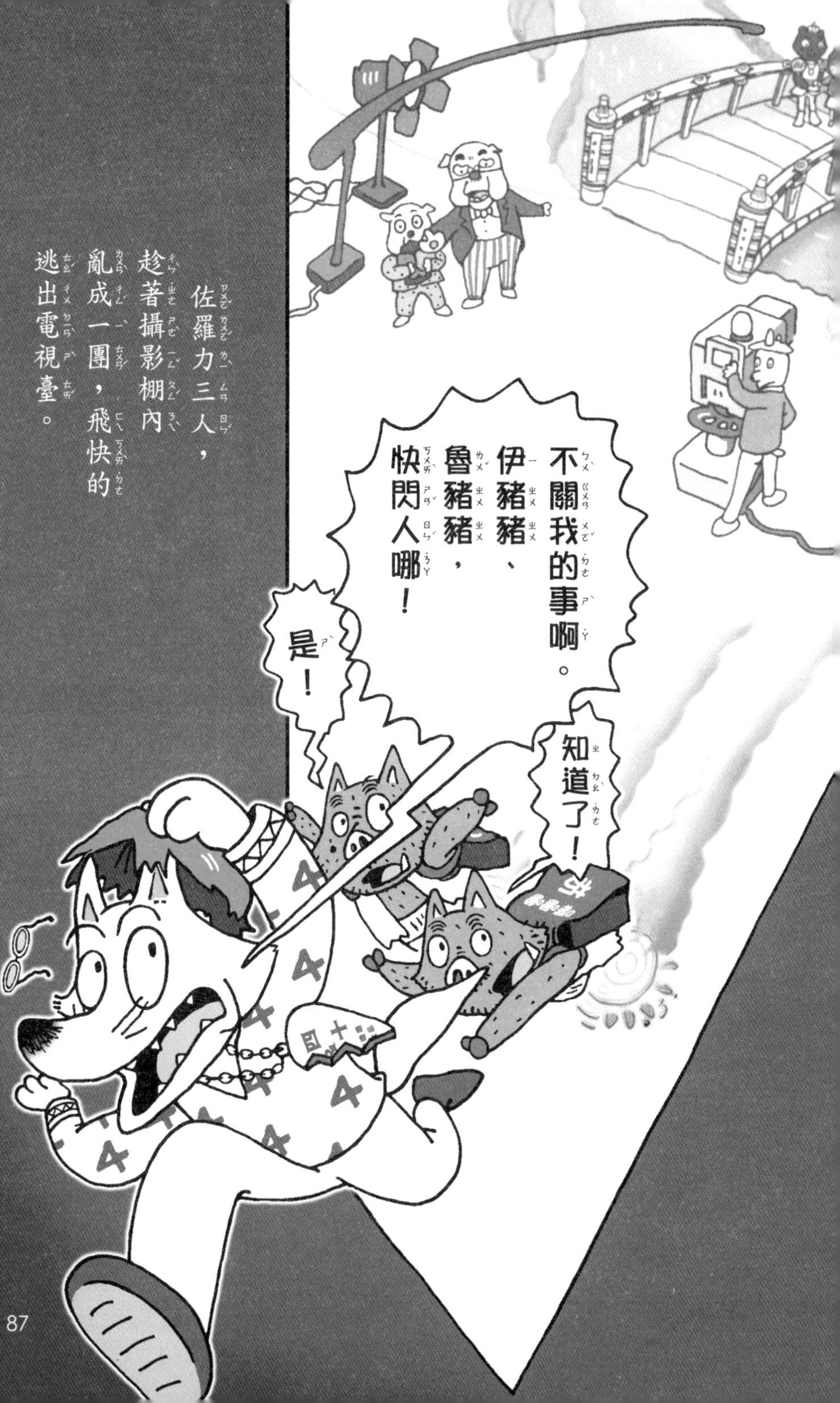
不關我的事啊。伊豬豬、魯豬豬，快閃人哪！
是！
知道了！

一個月後，佐羅力三人為了不讓電視臺的人找到他們，一邊躲躲藏藏，一邊繼續著旅程。

總而言之，他們就這樣丟下好幾個電視節目不管，逃得遠遠的。

要是被抓到了，除了一定會被請求高額的損害賠償，也一定會被扭送到警察局的。

而就在這時，遠遠的，

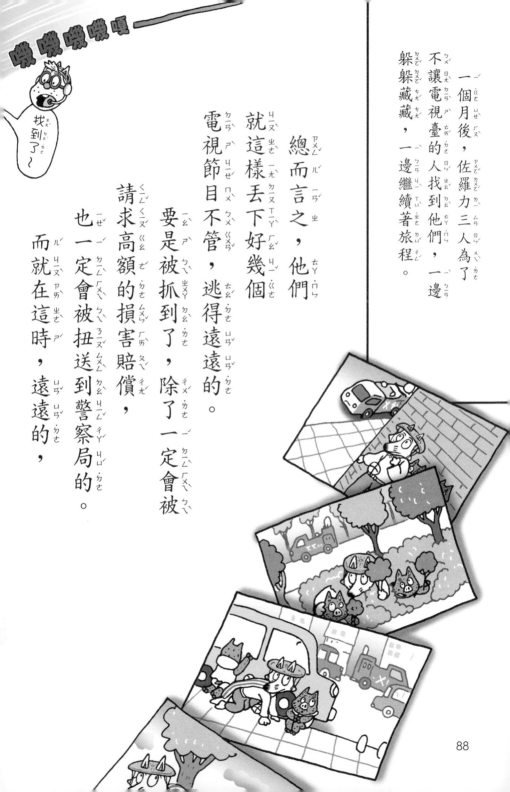

有一輛電視臺的車子朝三人飛速駛來。

快點抓住他們。
哇！被發現了。伊豬豬、魯豬豬，快逃進那條窄巷，他們的車絕對開不進去的。

他們三人慌張的跑進了窄巷，

巷子很窄，一個人勉勉強強可以通過。

爭先恐後跑進去的佐羅力三人，就像這個樣子，被卡在牆壁間，動彈不得。

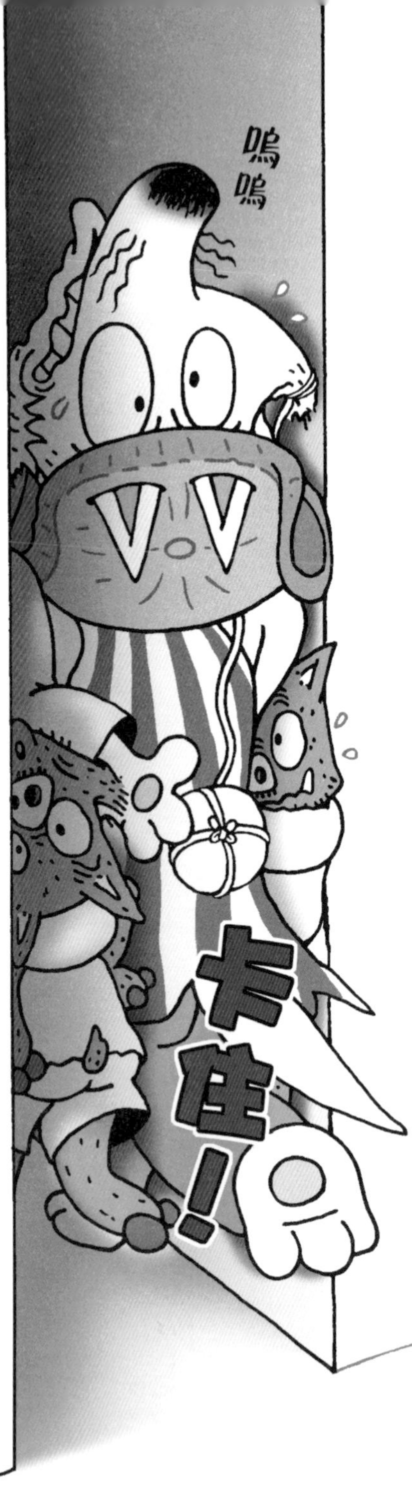

「佐羅力先生，
我們找您
找得好苦啊。」
貓島導播這麼說著，
與電視臺的
四位工作人員，
一起合力將佐羅力
他們從窄巷中
拉了出來。

導播對著已經感到無望、雙膝跪地的佐羅力他們說。

《誰是客訴王》益智節目中的優勝者，非常爽快的從閻羅王手中

我要製作出心目中最理想的節目——

收下獎金，製作了很誇張的節目。」

「咦？真、真的嗎？」

佐羅力心裡這麼想，這時正火冒三丈的導播，臉上的表情一定比閻羅王還恐怖。

他膽戰心驚的抬起頭來。

「真的是太感謝您啦。」

沒想到，貓島導播竟笑咪咪的緊握住佐羅力的雙手。

「那位客訴者製作的節目超殘酷的，這反而讓觀眾口耳相傳，

大家愈害怕
卻愈想看，
結果收視率
節節高升。
還有喔——

超多人都覺得自己可以做出更酷的節目，
因此全湧進電視臺，表示希望參加節目。
更棒的是，客訴者獲得勝利後，
不斷、不斷的製作出超狂的節目，
推升了收視率，而我們卻什麼都不用做，
就有現成的節目，
而且，即使有客訴，
針對的
也不是我們，

而是製作節目的客訴者呀，
佐羅力先生。
「咦？可、可是，
那個因為亞瑟衝進來
而被搞砸的「三八劇場」
《回憶橋》，它的善後處理
工作應該很麻煩吧？」
佐羅力提心吊膽詢問著
滿面笑容的導演。

「沒這回事，沒這回事。由於艾露莎真正的老公亞瑟王衝進攝影棚，使得原本被認為是虛構情節的連續劇，突然間真實起來。節目播出後，持續不斷有觀眾來電表示想看到接下來的發展。」

① 我們沒辦法，就將小四這個角色更改為結婚詐欺犯，製作了一齣新的連續劇。

等等～
②
小十眼看著就要被小四所騙，這時，亞瑟前來英雄救美。
③
亞瑟與艾露莎的愛情故事緊接著展開了。

這齣戲超級受歡迎的。
敝電視臺可不會錯過這個大好機會，
所以，佐羅力先生——

我們想藉由佐羅力先生之手，
將亞瑟與艾露莎這對恩愛夫妻為人所知的
《打敗噴火龍》、《邪惡幽靈船》、《恐怖遊樂園》
愛的三部曲，改拍成連續劇。
不知道您覺得如何？千萬拜託了。」

電視臺的人們站得
英挺整齊，
向佐羅力深深
鞠躬拜託。

真不愧是佐羅力大師，人家都幫你規畫得好好的耶。
不，不行，那個，我說，等、等等等。
佐羅力大師果然是收視率之王啊。

兩個小時後，佐羅力三人又重返原有的旅程。
佐羅力大師，為什麼您要拒絕電視臺的邀請呢？如果製作了那齣連續劇，一定會大賣的。說不定還能以超級製作人的身分，獲得足夠搭建一座城堡的酬勞呢。
笨蛋——為什麼本大爺非得連續製作亞瑟和艾露莎的幸福人生連續劇呢？
要是拍了連續劇，我就可以演出魯豬豬的角色。
道歉啟事
• 雖然這本書的書名中包含「怪傑佐羅力」，但是我發現，我竟然一次都沒讓佐羅力變身成怪傑，因此在這最後一幕，補上變身的畫面。懇請各位千千萬萬不要提出客訴啊。
原裕

那未免也太悲慘了吧。而且，一旦演出了那三個事件，本大爺和你們兩個的惡行惡狀不就「全都露」了嗎？
現在可不是花時間製作別人連續劇的時候，本大爺唯一要做的，是朝著前方的旅程出發，那裡有我的快樂幸福連續劇等著我呢。
雖然我拚了命的列出想要的電器用品清單，但一時半刻，城堡是到不了手啦。新的電器用品一定會不斷推出，看來之後還得一項一項重新確認囉。

• 作者簡介

原裕 Yutaka Hara

一九五三年出生於日本熊本縣，一九七四年獲得KFS創作比賽「講談社兒童圖書獎」，主要作品有《小小的森林》、《手套火箭的宇宙探險》、《寶貝木屐》、《小噗出門買東西》、《我也能變得和爸爸一樣嗎？》、【輕飄飄的巧克力島】系列、【膽小的鬼怪】系列、【菠菜人】系列、【怪傑佐羅力】系列、【鬼怪尤太】系列、【魔法的禮物】系列等。

• 譯者簡介

周姚萍

兒童文學創作者、譯者。著有《我的名字叫希望》、《山城之夏》、《妖精老屋》、《魔法豬鼻子》等作品。譯有《大頭妹》、《四個第一次》、《班上養了一頭牛》、《那記憶中如神話般的時光》等書籍。曾獲「文化部金鼎獎優良圖書推薦獎」、「聯合報讀書人最佳童書獎」、「幼獅青少年文學獎」、「國立編譯館優良漫畫編寫」、「九歌年度童話獎」、「好書大家讀年度好書」、「小綠芽獎」等獎項。

國家圖書館出版品預行編目資料

怪傑佐羅力之亂糟糟鬧哄哄電視臺
原裕 文、圖; 周姚萍 譯 --
第一版. -- 台北市 : 親子天下, 2018.2
104 面 ;14.9x21公分. -- (怪傑佐羅力系列; 46)
譯自 : かいけつゾロリのはちゃめちゃテレビ局

ISBN 978-986-95630-8-6 (精裝)

861.59　　106021294

怪傑佐羅力系列 46

怪傑佐羅力之亂糟糟鬧哄哄電視臺

作者—原裕(Yutaka Hara)
譯者—周姚萍
責任編輯—陳毓書
特約編輯—陳韻如
美術設計—蕭雅慧
行銷企劃—高嘉吟

天下雜誌群創辦人—殷允芃
董事長兼執行長—何琦瑜
兒童產品事業群
副總經理—林彥傑
總編輯—林欣靜
主編—陳毓書
版權主任—何晨瑋、黃微真

出版者—親子天下股份有限公司
地址—台北市 104 建國北路一段 96 號 4 樓
電話—(02) 2509-2800
傳真—(02) 2509-2462
網址—www.parenting.com.tw

讀者服務專線—(02) 2662-0332
週一~週五 : 09 : 00 ~17 : 30
讀者服務傳真—(02) 2662-6048
客服信箱—parenting@cw.com.tw
法律顧問—台英國際商務法律事務所・羅明通律師
製版印刷—中原造像股份有限公司
總經銷—大和圖書有限公司
電話—(02) 8990-2588

出版日期—2018 年 2 月第一版第一次印行
2022 年 10 月第一版第十四次印行
定價—300 元
書號—BKKCH014P
ISBN—978-986-95630-8-6(精裝)

訂購服務
親子天下 Shopping—shopping.parenting.com.tw
海外・大量訂購—parenting@cw.com.tw
書香花園—台北市建國北路二段 6 巷 11 號
電話—(02) 2506-1635
劃撥帳號—50331356 親子天下股份有限公司

節目介紹　今日最精采

馬兄馬弟好搭檔　圈圈頻道

4:00～5:00 兩位馬警探為觀眾在全國搜尋便宜又好吃的零食。

秋刀魚配飯大挑戰　圈圈頻道

5:00～6:00 由汪飯桶挑戰以秋刀魚當配菜，看究竟能吃下多少碗飯。

到處都是螃蟹　圈圈頻道

8:00～9:00 有辦法不踩到群起出動的螃蟹，順利的將外賣送達嗎……

動畫《一件洋裝》　圈圈頻道

7:00～8:00 山賊烏爾夫搶到傳說中的套裝，他一穿上了女裝……

這星期《誰是客訴王》優勝者的作品〈大怪獸入侵〉

大都市出現大怪獸，造成了大騷動，對於要怎麼擊退怪獸，由誰前往，英雄好漢們卻互相推諉責任，因而始終無法打敗怪獸。一個扣人心弦、緊張刺激的故事。